花ことば

―起原と歴史を探る―

花ことば

―起原と歴史を探る―

樋口康夫

八坂書房

はじめに

花ことばのことを調べているうちに、何か人間すべてに共通する言語があるのではと思われることがある。はるか遠く離れたヨーロッパやアメリカで生まれた、ある花の花ことばが日本でもすんなりと受け入れられ、日常的に用いられている現実がある。バラがそうであるし、ワスレナグサの場合もそうである。カーネーションを母の日にプレゼントする風習は日本でも定着しているし、赤花と白花の区別にしても、A・ジャーヴィス提唱になる本家アメリカの風習がそのまま受け入れられている。

こうした現象の背後には、ある花の与える印象が洋の東西を問わず共通していることになんらかの暗黙の了解があるのではないか。おそらく、その印象は厳密なものではないであろう。しかしながら、ある花や植物にはぼんやりとはしているが、それなりに人間に共通する志向性のある印象がまとわりついているのではないか。深紅のバラのなかに強い愛情に通じるなにかを認めたり、春まだ浅い野山に咲くスミレにけなげな素朴さや誠実さを感じたりすることが。あるいは、夏の朝、山のなかにすっきりと立つシラユリの姿になにか清々しさを覚えたりすることが。

ある花から醸し出される漠然とした印象から人はその花に固有の情念のエッセンスを蒸留し抽出する。世界の様々な土地で人はあらゆる花や植物に自ずからなる情念を認め、初めは自然界でも顕著に目立つ花から、もっともありふれた路傍の草にいたるまで人はその花固有の「ことば」を見い出そうとする。これはまさしく詩人の直感によるわざであり、詩人のいとなみである。人は恋するとき詩人となるという。凡庸なる者も愛の霊感を受けて、創造者へと変身する。一人の詩人の本質的直感が人々に共有される場合もあろう。ある民族の直感の集合が世界共通の認識となる場合もあろう。現在、世界に見られる「花ことば」はそうして得られた人々の努力と知識の集積の結果ではないのだろうか。

バルザックの『谷間のユリ』のなかに花ことばの起原を象徴的に示唆すると思われる箇所がある。二十歳の主人公フェリックスが敬愛する初恋の人、モルソーフ伯爵夫人と花を通じて愛を語らうくだりである。考えようによってはこれ以上官能的でまた理想的な表現方法はないであろう。確かに、ここには眼に見える、耳に聞こえることばはない。しかし、色、香り、花のすがた、花そのものがあり、伝えんとするなにものかがある。愛する気持ちはどんな詩人をしてもことばでは完璧には表現できないと感じさせるものらしい。その気持ちを自然の美の最高の表現たる花を介して伝えることは最適な手段ではないか。もっとも、その選んだことば、表現方法、解釈がいずれも正しく、適切であるという留保条件をつけてではあるが。かなり長いものではあるが以下にその部分を引用してみよう。

……その翌日、わたしは朝早くから館を訪れた。灰色の客間の花瓶には花がなくなっていたので、わたしはおもてに飛び出すと、野原やぶどう畑に行って花束を二つ作るために花を探した。しかし、花をひとつひとつ摘みとって、根元で切ったり、その美しさに見とれたりしているうちに、花の色や葉には調和が秘められていて、それは、ちょうど音楽の楽節が愛し愛される人の心の奥底に数多くの思い出をよびさますように、見る人の目を魅惑しつつ悟性のうちに詩を現出せしめるのだと思った。色彩とは光を組織化したものにほかならないとすれば、音の組み合わせが意味を生ずる如く、色彩もまた意味を持つのではあるまいか……わたしは花束によって感情を表現したいと望んだ。二つの花瓶から泡をたてながら吹き出ている花の泉は、総のついた波となって落下し、泉のなかから、わたしの祈念は白ばらとなって、あるいはまた銀杯の形をしたゆりの萼《うてな》となって立ちのぼって行く。そのような花の姿を想像していただきたい。そのさわやかな地の上に、矢車草、勿忘草、むらさき草などあらゆる青い花が輝き、空の青からその色を取ったかと思われるばかりのその色調は、白色によく調和していた。これこそは二つの純潔、なにも知らない純潔と一切を知る純潔、おさな児の心と殉教者の心ではないだろうか。恋には恋の紋章がある。そして伯爵夫人はひそかにその紋章を解読してくれたのであろう。……心の感動を、あの太陽の娘たちによって、愛の光のもとに開いた花の姉妹たちによって表現するとはなんたる魅惑であろう！　……やがてわたしは野辺の花々と気持ちを通わせることができるようになった。……わたしは週に二度はこの詩的作業の気長な労働に従事したが、その仕事をなしとげるためには禾本科植物のあらゆる変種を集める必要があり、わたしはそれを徹底的に研究した。もっともわたしは、植物学者としてよりはむしろ詩人として研究したのであり、植物の形よりはその精神のほうを学んだのだが。

（高山鉄男訳）

このようないとなみをこの本では、花への詩人の直感とひとまず呼んでみたい。厳密にいえばバルザックは詩人とはいえないかもしれない、しかし、主人公のフェリックスを通して彼が我々に伝えているのはまぎれもなく詩の世界であり、詩人の直感と精神である。引用文のなかでは、「もっともわたしは、植物学者としてよりはむしろ詩人として研究したのであり、植物の形よりはその精神のほうを学んだのだが」とあることからもこのことは確かめられる。ここには明瞭に人の心と植物との交感が認められる。

風土記の中にはしばしば神代を描写して、「ある老人の話では、天地のはじめ草や木がことばを発したころ」とか「荒ぶる神々、石や岩、木立、草の葉にいたるまでことばを語り、蠅のようにうるさく音を発し……」といった表現が見られる。また、ギリシア神話の中では、世界最初の崇高なる音楽家であったオルフェウスはその聞く者を酔わせる素晴らしい調べのために、ひとたび彼が竪琴とともに歌い出せば、人のみならず、動物や植物がうっとりと聞き惚れ、さらには岩や石までも動き出したものとされている。こうした記述は様々なギリシア神話のオルフェウスに関連する文献で眼にすることができる。人がけものや鳥と話をしたり、あるいは、神々からの賜物として、人が動物のことばを理解する能力を授けられるという民話は世界にたくさん存在する。とりわけ、樹木は世界中で神聖な存在と考えられていた。樹に霊があるという思想は普遍的なもののようである。フレーザーも樹と人との様々な関わりの形態を伝えており、樹と人とが結婚したり、樹に諸々のお願いをしたり、樹から託宣を受ける場合もあったようである。また、樹が語るという伝承もしばしば見うけられる。十七世紀イギリスの神秘家ラルフ・オーステンは樹は話をすることができると本当に思っていたらしく、数冊の本にまとめているようだ。そのなかで、彼は、樹は常に真実を語り、明瞭な声ではないが、どの言語でも、はっきりとわかるように、直接人の心に意識を通じて語りかけてくるとしている。

ここには人間と自然との対話があり、人間と自然が交流可能な世界がある。ぼんやりとではあるが、人間と自然、特に、この本のテーマに限定すれば、人と樹や草との本来あるべき関係がここに見えてくるような気がする。人が本当に植物と対話できるものか私には判らない。しかし、古の人々やある種の神秘家にはそのように感じられたという心的事実にここでは注目したいと思う。日々、人間が自然から疎外され、自然が人間から疎外されている今、我々は自然との関わりを問われているのではないか。この本では、人が本来植物に持っているはずの感覚、つまり、詩人の直感と我々が呼ぶものを頼りに「花ことば」の起原をさかのぼりながら、その関係を探ってみたい。

しかしながら、この本は花ことばの完璧で、網羅的な、辞書的な内容を目的とはしていない。ギリシア・ローマ神話や聖書などにその起原があり、現在にまで伝えられた象徴や花ことばをその時代ごとに数例取り出して説明したものである。これはしたがって、花ことばの起原、発達、衰退についいて、イギリスやフランスを中心とするヨーロッパの基本的な資料に基づいて論考した極めておおまかな入門書に過ぎない。また、時代、文化により様々な意味を有する花ことばの重層性を味わっていただくため、時代ごとに同じ花が繰り返し扱われている場合があり、いささか、くどく思われる向きもあるかもしれない。さらに、筆者は花ことばの専門家でもなく、時間やスペースなどの諸々の制約から、文献、構成、内容の面で充分に意を尽くし得たものか、はなはだ心もとない次第である。すでに「花ことば」に関しては春山行夫氏の『花ことば―花の象徴とフォークロア』や石川林四郎氏の『英文学に現はれたる花の研究』などの素晴らしい本があり、特に、後者は扱っている花の正確な植物学上の記載があり、ギリシア・ローマから近代に至る花にまつわる詳細な伝承があり、古今の英文学の作品に登場する花からの豊富な引用もあって、この分野を志す者には必見の名著と思われるのではあるが、残念ながら現在は絶版となっている。また、これらの本はいわゆる「花ことば」の推移について必ずしも体系的な把握を試みたものではなく、日本では未だ本格的な研究はなされていない状態のようである。この小著がこれからの日本でのこの分野の学問の発達にほんのわずかでも資するものがあれば幸いである。

◆目　次◆

はじめに　5

Ⅰ　**花ことばの起原**——花の意味と象徴　15

1　ギリシア・ローマの花ことば　17

2　聖書の花ことば　45

3　中世の花ことば　71

4　エリザベス朝の花ことば　97

Ⅱ　**近代の花ことば**　143

一、近代的な花ことばの発生——トルコから伝えられたセラムとは？　145

二、センチメンタルな花の本――十九世紀を中心として　149
三、花ことばとは何か――本によって異なる理由　154
四、フランス――花ことばの名著登場　164
五、イギリス――ビクトリア朝の花文化とフランスの影響　181
六、アメリカ――独自の発達　205
七、花ことばのその後　215
おわりに　221

あとがき　229
参考文献　viii
索　引　i

I

花ことばの起原

――花の意味と象徴

I　ギリシア・ローマの花ことば

ギリシア人はなんと不思議な民族であろうか。空と大地を見ては、ウラノスとガイアの神話を造り出し、海の泡からは美の女神、アフロディテを生み出し、水仙のなかにナルキッソスを見、月桂樹のなかにダフネを見い出すとは。かくして、この地球や宇宙までもが神話に溢れる。世界は神々や英雄や美女、妖精や怪物でみたされる。しかも、その神話にはこの世界に対する深い洞察が秘められている。

例えば、なぜ美と愛の女神アフロディテの息子のエロスが盲目であり、かわいい弓を持ち、金と鉛の矢じりを持つ矢をたずさえているのだろうか。我々のまわりに日々生まれ、眼にされる様々な愛の現象にこれらを当てはめてみれば納得がいくであろう。また、なぜこの地上に春がくれば花が咲き、草や木が繁茂し、冬には枯れてしまうのか。これについては、デメーテル、ペルセフォネとハデスの悲しくもせつないお話を参考にされたい。ここには、父と娘、叔父と姪、母と娘等の原初の心理状態がつぶさに見て取れる。非常に興味のそそられる人類の意識の起原、かつての家族関係の原型が記されている。確かに、これらは、以下に述べる植物についての物語同様、神話学の立場からすれば単に説明神話と分類され得るものかもしれない。この世界を説明するために作り上げられた単なるお話のように思えるかもしれない。しかし、そこには世界や宇宙までをさし貫くビジョンがある。当然のことに、その成立には詩人の勘ともいうべきもの、つまり、詩人の本質的な直感が多大な貢献をしているように思われる。ホメロスやヘシオドスのような天才的詩人が凄腕を振う場合もあったであろう。人は恋するとき、詩人になるという。名もない数多《あまた》の詩人たちが何代にもわたり民族の神話を積み上げた結果かもしれない。つまりは神話は総体としての民族や国家の精神、想像力、詩心や智慧の結晶なのだ。

しかしながら、ここは詳しくギリシア神話やローマ神話について語る場でもなければその余裕もない。御興味がおありの方々には、巻末のリストに記載されている文献からお好きなものを選んでいただきたい。木や花、植物にまつわるもののみを限定してお読みになりたい方には、『花とギリシア神話』という便利な本もある。ここではおびただしい花ことばにまつわる神話の中からほんのいくつかの例をかいつまんで見てみることとしよう。この神話にはギリシア各地の伝承によって様々なバリエーションがあり、すべてに触れることができないため、一般的に認められている例を主として記述した。また、各項目の最後に付した花ことばは、ギリシア神話やローマ神話に関連するもののみに限定されている。

人や妖精が植物に変身する物語はほとんどが悲劇的であるが、それらの例はおおよそ次のように分類できそうである、

1 若い娘、妖精が純潔を保とうとして
2 美しい若者、娘が悲劇的に死んで
3 人間や妖精が罰として
4 神々からの贈物として

この分類に従い以下の例を見てゆくこととしよう。原則として、以下の記述ではギリシア神話とローマ神話は区別しないで述べられており、必要に応じギリシアとローマの神々の名称が並記されている。

ゲッケイジュ

クスノキ科ゲッケイジュ属　*Laurus nobilis*

ゲッケイジュは世界に二種あるとされているが、ふだん我々が眼にし、料理に利用したりするのは地中海地方を原産とする *Laurus nobilis* である。

ダフネはニンフで、ある河の神（ラドン河神ともペネイオス河神ともいう）の娘だったが、その美しさゆえにアポロンの気を惹いてしまった。彼女は一生処女のまま生きてゆくとの誓いを立てていたため、彼の愛を拒絶した。彼があまりにも執拗に追い回すため、彼女は父の河神に救いを求めたところ、彼女はアポロンに捕まる直前に、月桂樹に変身したものとされている。ローマのボルゲーゼ美術館にあるベルニーニの彫刻《アポロンとダフネ》はまさに捕われんとする彼女が手と足の先からゲッケイジュに変ずるその瞬間を迫真の姿で伝えている。心から悔いたアポロンはそれまで用いていたオークの代わりにゲッケイジュを身にまとうことを決め、彼の加護を求める者も同じようにしなければないないと定めたものという。

こうした悲しい事態にいたったのには次のような経緯があるといわれている。あるとき、アポロン神は強弓を使いこなす自らの腕前を自慢し、細い弓を使うエロスを嘲笑ったことがあったとされる。エロスは復讐を誓い、彼を罰しようと心に決め、二本の矢を放った。初めの一本は黄金の矢じりを持つもので、これはアポロンの心臓を貫き、次の一本は鉛の矢じりを持つもので、これはダフネの心臓を刺し貫いた。そのためどんなに強い恋心を抱いて彼が追い回しても、彼女は逃げまどう宿命になったとされている。ちなみに、ダフネ（Daphne）はギリシア語では月桂樹を意味する。ローマではラウルス（laurus）といわれた。

＊花ことば　（葉）私は死ぬまで変わりません

ベルニーニ《アポロンとダフネ》1622-23年
ボルゲーゼ美術館（ローマ）

シュリンクス（アシ）

イネ科ヨシ属　*Phragmites communis*

シュリンクスはアルカディアの妖精で（一説では、河の神ラドンの娘）、アルテミスとともに狩猟で時を過ごしていたが、ある日、牧羊神のパーンは美しい彼女に恋心をいだき執拗に彼女に迫った。かろうじてラドン川までは逃げおおせたが、渡るに渡れないその流れを前にして、彼女は我が身の純潔を守るため、ニンフたちに助けを求めた。その願いは聞き入れられ、彼女はアシへと変えられた。川に到達したパーン神は、植物に変えられたシュリンクスを見て、嘆息し、涙を流したのであろうか。彼は彼女をしのびそのアシを用いて笛を作り、それを吹いて悲しみを慰めるようになったという。以来、そのアシ笛はシュリンクスと呼ばれるようになった。

別のギリシア神話にはアシに関連してパーン神とアポロ神が音楽の技を競ったおり、その判定を頼まれたフリュギアのミダス王はパーンに軍配を上げ、アポロは怒って彼の耳をロバの耳に変えたというのがある。ミダス王はその事実をひた隠しにしていたが、王様の髪を切った時にその秘密を知った理髪師は腹ふくるる思いのたけを掘った穴のなかに「王様の耳はロバの耳」と叫んで埋めたものとされる。その穴から生えだしたアシが風にそよぐ度に「王様の耳はロバの耳」とのささやきが漏れ聞こえたものという。ここから、アシは無分別、無思慮の象徴ともされる。

＊花ことば　音楽、ひとりよがり
（割れたアシ）愚行、無分別、無思慮

ミルラ

カンラン科モツヤクジュ属　*Commiphora myrrha*

ミルラはアラビア、エチオピア、ソマリアにかけてを原産地とする低木で、樹皮から粒状の分泌液を出す。古くから有名な香料の没薬の原料となった。

ミルラはキュプロス島の王キニュラスの娘として生まれたが、長ずるにしたがい、父に激しい恋心を抱くようになった。これは、アフロディテ（ビーナス）への礼を怠ったためとか、この女神より自分が美しいと自慢したための罰とされている。恋の悩みを打ち明けられた乳母は、妻が夫のベットに近付いてはいけないとされる祭りの期間中に、ミルラの素性をかくしたまま暗闇のなかで父娘を引き合わせた。その娘の素性をどうしても知りたいと思っていたキニュラスは祭りの最後の夜、明かりを持ち込み、照らし出して見たところ、ついに娘の正体を知ることとなった。激怒した彼は娘を殺害すべく後を追ったが、彼女はアラビアのシバの地まで逃げおおせ、そこで神々に懇願し、ミルラ（没薬）の木に変えてもらったと伝える。妊娠していた彼女はそこで木の幹から男の子を出産したが、それがアドニスであった。その出産の様子は、その幹に猪が衝突してその裂け目からアドニスが生じたとも、お産の女神のエイレイテュイアが彼を木から取り出したものともされている。芳香を持つ、涙のように粒状に流れ出す樹液の様子がこの神話を生み出したものであろうか。

＊花ことば　喜び

アドニス

キンポウゲ科フクジュソウ属の総称　*Adonis*

フクジュソウ（アドニス）属にはおよそ二十種類があり、北半球に分布するとされているが、赤い花をつけてヨーロッパに産するものといえば、*Adonis aestivalis, A. anuua, A. flammea* などの種類があり、いずれも美しい深紅の花を咲かせる。

さて、ギリシア神話が伝えるところでは、アドニスは美しい若者に成長し、アフロディテ（ビーナス）にたいそう可愛がられたものという。彼の運命を前もって知っていたアフロディテは、彼に決して狩りをしてはならないとの厳命をかねてから下していたが、ある日、血気にはやる若者は槍をたずさえて狩に出かけ、怒り狂った猪（一説では熊）に襲われ死んでしまった。その血の流れたところには真っ赤な花が生じ、その花は彼をしのびアドニスと命名されたということである。一説ではそれまでこの植物は白い花であったものが彼の血を浴びてから真っ赤な色に変化したともされている。ギリシアでは彼は植物の神と崇められ、「アドニス祭」と呼ばれる祭りや行事が広く行われていたようである。これについてはフレーザーの著作も触れているが、マルセル・ドゥティエンヌの『アドニスの園』では香料、ハーブとこの儀式との関連が詳しく述べられている。

＊花ことば　悲しい思い出、追憶

ヒアシンス

ユリ科ヒアシンス属　*Hyacinthus orientalis*

ヒアシンスは普通には *Hyacinthus orientalis* に同定されている。これはギリシア、シリア、小アジアなどに分布することから、神話の植物の可能性はある。しかし、以下の記述にもあるように、現在ヒアシンスとされる植物には証拠とされる文字が見当たらないため、アイリス説、ヒエンソウ説、グラジオラス説、マルタゴン・リリー説などがあり、特定されてはいない。

ヒュアキントスは目のさめるような美少年であったため、アポロンと西風のゼフェルスはその愛を勝ち得ようとして競ったとされている。ヒュアキントスはアポロンの方をより好ましく思っており、そのことをあからさまに言いふらしたので、ゼフェルスは二人を恨みに思い、復讐を心に誓った。ある日、アポロンとヒュアキントスが仲良く円盤を投げて遊んでいた時、二人を妬んだゼフェルスが一陣の風を送り、円盤が飛ぶはずの軌道をそらしたため、アポロンの投げた円盤がヒュアキントスの額にあたり、彼はその場に倒れ込み、息絶えてしまった。アポロンは長らく嘆き悲しんだが、ついに意を決し、ヒュアキントスの流した血からヒアシンスの花を咲かせた。そのため花弁にはAI, AI（ああ、悲しいの意）という文字が刻まれているのだとされている。もっとも、先に触れたように現在ヒアシンスと呼ばれる花にはこのAI, AIの文字が見当たらないという。そのため様々な植物の同定が試みられている。なお、象徴の「思い出」に関しては、AI, AIの文字に由来がある。つまり、ギリシア語のAI（ああ悲しい）の音がAEI（永遠に）の音によく似ているためである。そのため以前は墓石にはヒアシンスが刻まれたものと伝えられている。

しかし、この神話の物語りの過程を冷静にみれば、おそらくこれは、まったく逆の推理の結果ではないだろうか。先に述べた言葉を用いれば、詩的直感力に優れたあるギリシア人が美しい野生のヒアシンスを見たり、手折ったりするたびに花弁にAIという文字があることに気付き、この植物の花の色や形態からこのような神話に思い至ったというのが真実ではないだろうか。これはすべて一人の人間によったというより、数代を経て、植物についての観察と知識、伝承が蓄積されて飽和点に達し、ちょうど播かれた種が芽を出し、成長し、花を咲かせるように、自然に完成されたものかもしれない。

さて、この花弁の文字に関しては次のような類似した物語がある。テラモンの息子でトロイアの英雄であったアイアスは、自らが犯した愚行を恥じ自害したが、その血から生じたアイリスの花には、彼の名前の最初の二文字のAI, AIの文字が刻印されたとされている。このアイリスが何か特定されてはいないが、上記のヒアシンスと同じものと考えることもできそうである。

なお、キリスト教ではこの花は聖母マリアに捧げられ、天への憧れ、心の平安、賢明さなどを象徴するとされている。

＊花ことば　思い出、遊戯、遊び

（青花）　貞節

（紫花）　悲しみ

スイセン

ユリ科スイセン属の総称　*Narcissus*

ギリシア神話の花ことばの由来に関するものの中でも、最もよく知られているのはスイセンと思われる。このスイセンがどの種類であるかもちろん特定はできないが、原産地の点から考慮すると、ヨーロッパに広く分布するクチベニズイセンが候補に挙げられるかもしれない。学名（*Narcissus poeticus*）は「詩人のスイセン」の意。この花ことばの由来を始めに見てみることとしよう。

ナルキッソスはケピソス河神とニンフのレイリオペの息子とされる。母は彼がまだ幼いとき、予言者ティレイシアスに息子の将来について聞いたという。「自分自身を知らなければ長生きしよう」というのがその答えであった。美しく成長した彼は数多くの者から求愛されたがことごとく斥けたとされる。そのなかでも、ニンフのエコーは彼を熱愛することとなった。しかし、ゼウスの妻ヘラの不興をかっていた彼女は罰として、聞いたことばの最後の音しか発することができないようにされていた。そのため、ナルキッソスは彼女を無視したが、彼に恋いこがれたエコーは痩せ衰え、ただ最後の音をくりかえすだけの存在となってしまった。が、彼は報いを受けることとなる。彼女は復讐の女神ネメシスに懇願し、彼が自分自身以外の誰も愛さないように呪いをかけたのであった。ある日、ヘリコン山にある泉に映った自分の姿を見たナルキッソスは、自分自身に恋をしてしまった。幾日も飽かずに眺め続けた彼は痩せ細り、憔悴して、ついに死にいたったという。その泉のかたわらには一輪のスイセンの花が咲いており、それは神々によって姿を変えられた彼の形見であるとされている。

＊花ことば　あなたは自分をあまりにも愛しすぎる
＊意味・象徴　冷たさ、エゴイズム、自惚れ、愚かさ

アネモネ

キンポウゲ科イチリンソウ属の総称　*Anemone*

アネモネはイチリンソウ（アネモネ）属の総称で、この神話の植物が何を示すのかは特定できないが、ヤブイチゲ（*A. nemorosa*）はヨーロッパからアジアにかけて広く分布し、よく眼にされるためその可能性があろう。また、新訳聖書の「野のユリ（野の花）」はボタンイチゲ、別名、ハナイチゲ（*A. coronaria*）であるともされ、分布域からすればこの可能性もあろう。

アネモネにまつわる神話では、美しい乙女、アネモネは花の女神クローリスに仕えていたが、そ

の夫のゼフェルス（西風の意）に愛されて、ついには捨てられた、というのがある。二人の仲を知り、嫉妬と怒りに燃えたクローリスはアネモネを追放し、そのため彼女はやつれ果て、失意のうちに亡くなってしまった。自責の念にかられたゼフェルスはアフロディテ（ビーナス）に懇願し、その亡骸をアネモネの花に変えてもらった。しかし、彼はすぐに興味を失い、北風のボレアスにその花をゆだねた。だが、彼女は北風にはまったく気がなかったようで、彼女の愛が得られないことに彼は腹を立て、無理矢理に花弁を開かせようとしたため、アネモネは寒い風に当るとすぐに色があせるとされている。ちなみに、アネモネはギリシア語では「風」を意味するanemosに由来するといわれている。

これには他に異説があり、先に述べたアドニスの死に際し流されたアフロディテの涙からアネモネが生じたとされる場合もある。この花は、ギリシア・ローマではアフロディテの愛のしるしと考えられていたため、人々はこの花を集めてはアフロディテの祭壇を飾ったものと伝えられている。さらに、この花には死との連想があり、死者の顔を飾る花輪にも用いられたともされている。

＊花ことば　思い出、遊戯、遊び

（野生種）薄命、拒否と放棄、病気

（園芸種）失われた希望、捨てられて

ザクロ

ザクロ科ザクロ属　*Punica granatum*

一般に知られているザクロは、イラン高原を中心とする小アジア、アフガニスタン、ヒマラヤにかけて分布する種類の *Punica granatum* である。属名の *Punica* は、ローマの博物学者プリニウスがこれを「カルタゴのリンゴ」を意味する **malum punicum** と呼んだためで、**Punica** はカルタゴの古名。

ギリシア神話ではザクロの起原に関して次のような話を伝えている。酒神ディオニュッソスはある若い娘に王冠をさずけようとだまし、彼女をさんざん弄んだのちに捨ててしまい、そのため彼女は悲嘆のあまり死んでしまった。これを悔いたバッカスが彼女をこの木に変え、約束どおり果実に小さな王冠を与えたのだという。また、一説ではザクロはディオニュッソス自身の血から生じたものともされている。

このザクロにはこの地上の季節と植物の成長、生育に関わる次のような神話がある。大地の女神デメテル（ケレス）の夫でもあったゼウスは、かねての約束通り兄弟で、瞑府の王であったハデス（プルート）の要請に従い、自分の娘ペルセフォネ（プロセピナ）を花嫁として与えたため、彼女は地下の冥界に連れ去られてしまったとされている。そのことに母親のデメテルは怒り、悲しんだ。そのため、地は荒れ果て、不毛となってしまい、あまりに多くの犠牲が増えることを憂慮したゼウスは、娘を返して欲しいという彼女の願いを聞いてやることとした。しかし、それには厳格な条件がついていて、瞑府で何も口にしていないことが必要とされていた。つまり、冥界で一度でも何かを口にした者は、そこに留まらねばならないという掟があるのだという（この辺は、日本の伊邪那岐、伊邪那美にまつわる神話の「黄泉戸喫《よもつへぐ》ひ」のくだりを思い出させる）。いよいよ冥界を去ろうというとき、ハデスは彼女にそっとザクロの実をすすめた。彼女は幾粒か食べてしまったため、毎年、三分の一（あるいは、半分）は冥界でハデスの妻として留まらなければならない定めとなったのだとされている。母のもとにいるときのペルセフォネは明るく喜び、ために地は作物を生み出し、潤うが、彼女が冥界にいる間は地は乾いて不毛になるのだとされている。そのためか、古代ギリシアではザクロは葬儀の果物とされていたという。

　ボッティチェリの《ザクロの聖母》ではザクロを持つ聖母とともに幼子キリストがそれに触れる構図で描かれている。二人に群れ集う天使たちはシラユリとバラを携えている。絵画の解説書などでは、これをザクロはキリストの受難のシンボルとしている場合もあるが、キリスト教美術では一般に希望の象徴とされているので、そのように解釈するのがより適切であろうか。また、ザクロには不死の意味もあり、ここではその意味も込められていると思われる。

ボッティチェリ《ザクロの聖母》1487年頃
ウフィツィ美術館（フィレンツェ）

この植物はペルシアやユダヤでは神聖なものとされ、イブがアダムに与えた果物はリンゴではなくザクロであると考えられていたという。また、この果実には種子が多くあることから古来、豊穣、多産、富みの象徴ともされていた。

＊花ことば　愚かな行い、愚かさ、女性原理、処女性

ハス、スイレン

スイレン科スイレン属、ハス属の総称　*Nelumbo, Nymphaea*

ハスは世界に二種類あるとされ、よく知られているのは *Nelumbo nucifera* でインド、日本などの熱帯、温帯アジアおよび北オーストラリアに分布する。スイレンは世界の熱帯、温帯の各地に約四十種ほど知られているという。代表種はハクスイレン（white water lily）で学名は *N. alba*。北アフリカ、南ヨーロッパが原産地とされている。イギリスではエリザベス朝にはまだ伝えられていなかったことが文献的に確かめられている。ちなみに、日本自生のスイレンはヒツジグサ（*N. tetragona*）と呼ばれるが、これは未の刻（現在の午後二時頃）に花を咲かせるため。

ギリシアの言い伝えでは、ヘラクレスに捨てられた美しい水の妖精のNymphaeaがナイル川に身を投げ、スイレンの花に変身したものとされていて、学名の属名 *Nymphaea* はそれに由来するという。花期からであろうが、スイレンは七月の花となっている。

ハス（蓮）は東アジア原産であることが確かめられているため、古代エジプトの美術に見られるハスのような植物は実はスイレンのようである。これは英語では Egyptian lotus, Egyptian water lily などと呼ばれる *Nymphaea lotus* に同定されている。エジプトではこの花が太陽とともに目覚め、夕暮れには花を閉じることから太陽に捧げられたとのことである。これはしたがって、太陽神オシリスの花ともされた。また、この花が夕刻には閉じて水底に沈み、翌朝再び水面に浮かんで開くため復活の象徴ともされた。ホメロスの『オデッセイ』のなかに描かれている、アフリカ北岸にあるとされる架空の国 Lotophagi（ハスを食べる人の意）では人々はハスの実を食べて、夢心地の怠惰な暮らしをしているとされている。最後に、ビクトリア朝最高の詩人であり、桂冠詩人でもあったテニソンの詩にこの夢幻的な国についての素晴らしい描写があるのでご紹介しよう。

はなやみのたわわにつきしまほうのえだを
かれらはてにもちてたがいにあたえあうが
それをうけとりひとたびあじわいしものには

よせるなみのねもとおくかすかにとつくにの
きしべにすすりなきあれくるうなみのようにて
もしもともがらのはなしかけることがあろうとも
そのこえはかぼそくあたかもおくつきからひびくごとし
ふかいふかいまどろみにあるようにてもいつもめざめては
むねうつこどうもそのみみにはたえなるおんがくのごとし

*花ことば　（ハスの花）　疎遠になった愛
（スイレン）　清潔

バラ

バラ属の総称　*Rosa*

栽培されたバラの起原は、中近東と中国の二つの源流にさかのぼるとされる。クレタ島の壁画にはバラが描かれていて紀元前十五世紀頃には観賞用に栽培されていたと推測されている。ペルシア人はすでに十二世紀には当地に自生するマスクローズつまりジャコウバラ（*Rosa moschata*）、フランスバラ（*R. gallica*）などを祭祀、香料、薬用として利用していたとされる。これらのバラはやがてギリシアへと伝えられ、サッフォーやアナクレオンなどの詩人に薫りたかく歌われることとなった。

バラはラテン語では rosa と呼ばれ、現在の多くのヨーロッパの言語の母体となったが、もともとはギリシア語の rhodon を起原としている。この rhodon という言葉にはバラの色に関連して「赤い」という意味もあったようである。これらの言葉は古代ではどちらの言語でもかならずしも、現在私たちが考えているようなバラのみを指したものではなく、広く、美しい花はすべて rhodon とか rosa と呼ばれていたようである。例えば、シャクナゲやツツジの類いはかなり古くから rhododendron と呼ばれていたが、これはギリシア語のバラ（rhodo-）と木（dendron）が合体して生まれたものである。同じ植物を表すのに、rhododaphne という言い方もあったようである。この場合はバラと月桂樹（daphne）が合わさって出来た言葉である。さらに、ロードス島（Rhodes）もローデシア（Rhodesia）もどちらも美しいバラかバラに似た花が咲き乱れる土地柄であったことを暗示している。

バラの起原に関しては、非常に多くの神話や伝承があるが、ここではよく知られているもののみを御紹介することにしよう。

あるギリシア神話によれば、バラ（Rhodon）は美しいニンフで、アポロンのキスで眠りから覚め、この花となったとされている。さらに、ギリシア諸種族の神話では人間の最初の母であったニオベの唯一生き残った娘である花神のクロリスにまつわる、よく知られた伝説がある。それによれば、クロリスはある日、森のなかで美しいニンフのなきがらを眼にしたが、それが非常に美しい姿であったため、他の神々の助けを得ながらこのニンフを美しい花に変えてしまった。美の女神アフロディテ（ビーナス）は美を、その夫の西風のゼフェルスは雲を吹き払い、太陽の光が注ぐように計らい、三美神は光輝・歓喜・魅力を与え、酒の神ディオニュッソスは甘い蜜と芳香を与えたとされている。それがバラの起原とされる訳だが、この花はアフロディテ自身と密接な関係があるようである。ウラノスの男根が息子のクロノスによって切り取られて海に投げ込まれた時、その血と海水が混じってできた泡からアフロディテが生まれると、神々はこの世の花のなかでも最も美しいバラを創造し、それで彼女を飾り、祝福したものとされている。一説では、アフロディテが海の泡から生まれでたときにバラも一緒に生まれたものともされていて、ボッティチェリの有名な《ビーナスの誕生》の絵にはその様子が描かれている。クロリスを抱きかかえたゼフェルスが大きな貝のなかから美しい裸体を現わしている美神に向かって息を吹きかけるとバラが辺りに舞うように生じている。

また、あるギリシアの伝承では、バラはローダンテという名前のコリント出身の美女であったと

ボッティチェリ 《ビーナスの誕生》 1485年頃
ウフィツィ美術館（フィレンツェ）

いわれている。彼女は、必死になってその愛を勝ち得ようとする王侯や貴族に悩まされ続けていた。彼らから逃れようとローダンテは女性の守神であり、純潔の女神でもあるアルテミスの神殿に逃げ込んだ。不運なことに、求婚者たちや街の人々は彼女の後を追いかけてきて、神殿の門を打ち壊してしまった。アルテミスはこの行為に腹を立て、ローダンテをバラに、追ってきた人々はとげに変えてしまった。バラの赤い色は、求婚者たちの視線にさられて恥じらう彼女の顔が赤く染まったことを示すものとされている。一説では、ローダンテをバラに変えたのは、アルテミスではなく、その兄とされるアポロンで、妹に対する侮辱に怒り、太陽の矢をローダンテに向かって射かけたものだともされている。

バラの典型とされる赤い色に関しても多くの伝承がある。いくつか紹介すると、バラはもともとは白かったのが、アドニスが狩りでイノシシの牙に刺されたとき、その返り血を浴びて赤くなったとか、瀕死のアドニスを救おうとして駆けつけたアフロディテが誤ってそれを踏んで流した血のせいであるとか、様々な話が伝えられている。

＊花ことば　愛、美

ミント

シソ科ハッカ属の総称　*Mentha*

ミントは世界に約二十五種あるという。日本のハッカはヨーロッパ、アジアに広く分布する *M. arvensis* の変種とされている。代表種はスペアミントで学名は *M. viridis* ないし *M. spicata*。

植物のミントの由来は以下のようなものである。彼女は地獄の河の神、コキュトスの娘で、水の妖精であり、ミンタ、メンテ（Mintha, Menthe）とも呼ばれていた。冥府の王ハデスに愛され、その愛人となった。そのため、二人の関係を知った妻ペルセフォネの怒りを招き、踏み付けられ、彼女は薫りたかい植物のミントになったという。それ以来、ミントは踏み付けられればられるほど、香しい芳香を発するのだとされている。また、この植物が好んで水辺に生えるのも、かつて河神の娘であったからとされている。

この植物の花ことばは、後に示しているように「美徳」である。これは人の徳というものは、人々に踏みつけられるような境遇にあって、なおいっそうの香りを放つものであるということを示しているのであろうか。その暗示するものは深いようである。

日本のハッカ特有の香は、カルボン、イソメントール、メントンなどを中心とした精油の成分のせいである。しかし、代表種とされるスペアミントなどのヨーロッパ種のミントには含まれていない。ちなみに、ハッカは特有の精油成分のメントールを含んでいる。このメントールは他のヨーロッパ種にはほとんど含まれていないため、昭和十四年には世界の生産料の七割以上が北見市を主産地とする北海道で栽培されていたという。しかしながら、合成のメントールが開発されてからは激減したとのことである。

＊花ことば　美徳

ボダイジュ、オーク

シナノキ科シナノキ属、ブナ科コナラ属の総称　*Tilia, Quescus*

ボダイジュには多くの種類があり、神話のボダイジュが何をさすのかは判然としないが、ヨーロッパで一般に眼にされる種類はセイヨウシナノキ（リンデンバウム）*T. vulgaris* とされている。オークについても事情は似たようなもので、多種あり特定は難しいが代表種とされるのはイギリスナラ（オウシュウナラ）と呼ばれる *Q. robur* である。どちらの木も二十―二十五メートルに達する堂々たる樹形を呈する。特に、オークはその偉容からかローマ神話ではジュピター（ユピテル）の木とされ崇められてきた。

さて、これらの木については次のような話が伝えられている。ゼウスとその子のヘルメスが姿を人にやつし、小アジア地方を旅してフリュギアに着いたおり、日も暮れ果て、一夜の宿を求めて家から家へと訪ね歩いたとされる。どの家でも断られたが、ある貧しい老夫婦は優しく二人を迎えたものという。老婆の名前はバウキスで、夫の名前はフィレモンであった。貧しいながらも二人は心からのもてなしをしたとされる。ちなみに、ある本はこのとき二人は良い香りのするミントの汁でテーブルを拭いて浄めたものと伝えるが、ペパーミントの花ことばは「暖かい思いやり」である。酒を勧めたとき、いくら注いでも酒が減らないことに気付いた二人は旅の者が神様であることに思い至り、非礼を詫びたという。二人の神は老夫婦のもてなしに礼を述べ、願いがあれば希望通りその願いを叶えてやろうと語った。二人の希望はそれまで仲良く暮らしてきた二人が、死ぬ時もそろって死にたいというものであった。やがて、然るべき時がきてフィレモンはオークの木に、バウキスはボダイジュの木に姿が変わったとされている。以来、オークはもてなしの、ボダイジュは夫婦の情愛の象徴となり今に至っている。

＊花ことば　（ボダイジュ）　やさしさ、夫婦の情愛
（オーク）　もてなし

2 聖書の花ことば

十九世紀中頃に端を発し、大いなる衰亡がみられ現在に至っているとはいえ、ヨーロッパは長らくキリスト教の影響の下にあった。聖書がヨーロッパに与えた影響は量り知れない。また、聖書のなかにはかなりの数の植物が登場し、聖書の植物の同定に焦点を当てた学問的な著作や簡単な案内書に至るまで多くの書物が著されているが、この分野ではすでにその令名が聞かれて久しいモルデンケの『聖書の植物』では二百三十種類ほどが扱われている。そのためか花ことばのなかには聖書に由来するものも多い。ここでは主に旧約聖書の「創世記」や「詩篇」を中心に、現代にまで伝えられた例を、主としてモルデンケの記述に従いながら、いくつかご紹介するとしよう。なお、花ことばの記載については他にも多様な象徴や意味が見られるが、ここでは聖書に関連するものに限定した。また、聖書からの引用は日本聖書協会発行の新共同訳（一九九五年）によった。

アザミ

キク科アザミ属を仲間とする植物の総称　*Cirsium, Cardus, Cnicus*

お前は、生涯食べ物を得ようと苦しむ。
お前にたいして
土は茨とあざみを生えいでさせる
野の草を食べようとするお前に。

（「創世記」三章十七―十八節）

いわゆるアザミは、茎や葉にとげのあるキク科のヒレアザミ属（*Carduus*）、アザミ属（*Cirsium*）、サントリソウ属（*Cnicus*）などの植物の総称である。旧約聖書ではダルダル（dardar）というヘブライ語の名称で表記されているということであるが、これはアザミ一般を示す言葉とされている。現在、パレスチナには百二十五種類ほどのアザミが自生しているが、もっともありふれているものはスターシスル star-thistle（*Centaurea calcitrapa*）、矮性ヤグルマギク dwarf centaury（*C. verutum*）、イベリアヤグルマギク Iberian centaury（*C. iberica*）、レディズシスル lady's thistle（*Silybum marianum*）とのこと。一説では、パレスチナでもっとも普通に眼にされるのはイベリアヤグルマギクとのことである。

聖書では、アダムは妻のイブのいいなりになり、禁断の果物を食べたため神の怒りを受け、ともに楽園を追放されたと伝えている。その際、地はイバラとアザミを生じたとされている。そのため、アザミはイバラとともにこの世で生きてゆくことの厳しさ、辛さ、困難を象徴している。

これは聖書と関係はないが、アザミにまつわる伝承を一つだけご紹介しょう。アザミは今ではスコットランドの国章であるが、その由来にはいくつか説がある。最もよく知られているものでは、マルコム一世の治世にディーン軍が王城を裸足で襲撃したが、アザミのとげに刺され、悲鳴を上げたため、スコットランド軍が敵の来襲を知り、ただちに出撃し敵を壊滅させたというのがある。そのため「私を襲う者は、必ず罰を受ける」（**Nemo me impune lacessit**）というモットーが生まれた。花ことばは、「報復」、「独立」である。このアザミは様々に同定されているが、一般的にはサントリソウ、別名、キバナアザミ holy thistle（*Cnicus benedictus*）とされたり、紋章の図柄からは musk (bristle) thistle（*Carduus nutans*）とされているようである。

＊花ことば　厳しさ

リンゴ

バラ科リンゴ属　*Malus pumica*

主なる神は、見るからに好ましく、食べるに良いものをもたらすあらゆる木を地に生えいでさせ、また園の中央には、命の木と善悪の知識の木を生えいでさせられた。……主なる神は人に命じて言われた。「園のすべての木から取って食べなさい。ただし、善悪の知識の木からは、決して食べてはならない。食べると必ず死んでしまう。」……女が見ると、その木はいかにもおいしそうで、目を引き付け、賢くなるように唆していた。女は実を取って食べ、一緒にいた男にも渡したので、彼も食べた。

（「創世記」二章九節―三章六節）

聖書のこの「善悪の知識の木」がいったい何の木であるのかについては昔から大いに議論のあるところらしい。普通、「禁断の果実」といえば、リンゴがすぐに頭に浮かんでくるが、これは十七世紀のイギリス詩人、ジョン・ミルトンに負うところが大きいようである。イブがヘビに誘惑されるくだりは『失楽園』では次のように描写されている、或る日野原を彷徨っていた時、ふと、遠方にある一本の見事な樹が、赤くまた金色に輝く多彩な美しい果実を枝もたわわにつけているのを見つけ、もっとよく見ようと、近づいてみました。すると忽ち、その枝のあたりからなんともいえぬ甘い香りが漂ってきて、わたしの食欲を唆りました。それは、あの馥郁たる茴香の薫りよりも、また仔羊や仔山羊が夕方になっても遊びに夢中になっていて吸ってくれないので、乳が滴り落ちている牝羊や牝山羊の乳房よりも、さらに強くわたしの食欲を唆りました。その美しい林檎の実を味わいたいという烈しい欲望にかられ、なんとかそれを充たそうと心に決め、それ以上躊躇う気持ちを綺麗に捨てました。

（平井正穂訳）

聖書の植物に関しては極めて優れた文献であるモルデンケの『聖書の植物』では、この樹をリンゴとすることには否定的である。というのも、野生種とされるリンゴは人に貧弱な印象を与えるもので、果実は小さく、味も酸っぱいものであり、聖書の魅惑的な記述にはふさわしくないという意見を述べているからである。実際、イギリスで原種とされるクラップ・アップル Crab apple（*Malus sylvestris*。しかし、資料によってはこれも *M. pumica* としているものも多い）などは小果であり、非常に酸っぱく、サイダーには適しているが、普通、食用とはしないようである。十六世紀からイギリスなどで大果のものも開発されるようになったが、私たちがふだん眼にしたり、口にしたりする大きく、立派で美味なリンゴの大半は十九世紀中期からの改良品種ということである。ちなみに、栽培種のもととされるのは、アジア西部からヨーロッパ南東部原産とされるリンゴ（*M. pumila*）であり、非常に多様な種類がある。この利用は古く、スイスの杭上住居から四千年以上前のものと思われる炭化した種が出土しているという。

モルデンケは聖書に記載された内容から推測し、この木はアンズ（*Prunus armeniaca*）であるとの可能性を強く示めしている。香りが良く、見た印象も美しく、魅惑的であることの他に、その根拠の一つとして実地観察をした調査隊がパレスチナの近辺で多くのアンズの木を眼にした事実を彼は指摘している。

しかしながら、彼の参考にしている資料は若干古いもののようで、最近の調査結果とは異なる。現在の文献ではアンズの原産地はほぼ中国北部地方と確定されいて、小アジアやギリシアに伝えられたのはかなり新しいことが判明しており、紀元前四世紀のアレキサンダー大王の遠征のときに伝えられたのが始めとされている。聖書の成立時期は最も古いもので紀元前九〇〇年頃から書き始められたとされており、「創世記」が「モーセ五書」の一つであることを考えれば、アンズでは時代が合わないように思われる。

この植物に関しては他にもオレンジ説がある。一九五〇年当時は、パレスチナの主要輸出品であったということであるが、この果実が古い時代に栽培されていたことを示す事実は確認されていないし、かなり近年になって導入されたというのが本当のようである。これはインド原産で古い時代に中国に伝わり、華南やベトナムの地域で栽培されていたことがほぼ確定している。したがって、この「禁断の果実」については決定的とされる植物は未だ確認も、発見もされてはいないため、これからもしばらくは論議が続きそうで、さらなる調査と研究が必要とされているようである。

＊花ことば　（リンゴの実）誘惑

イバラ

クロウメモドキ科ナツメ属やハマナツメ属の仲間

兵士たちは茨で冠を編んでイエスの頭に載せ、………

（「ヨハネによる福音書」十九章二節）

祭司長や長老たちに捕らえられ、縛られたキリストは、総督のピラトのところに曳かれてゆき、彼のもとで裁きを受けた。ピラトはキリストには罪がないのを知り、許す方策も探ったが、群集に反乱の気配を感じ取り、彼らの手にキリストをゆだねた。総督の兵卒はキリストの衣をはいで緋色の上衣を着せ、イバラの冠を編んでその頭に着せ、右手にはアシ（葦）を持たせたとされている。

イバラは刺を持つ植物一般を示す言葉であり、聖書の他の様々な箇所にも登場し、記述の内容から多くの種類が推定されている。ここではキリストの磔刑の場面に登場するイバラに同定を限定したいと思う。モルデンケによれば、多くの研究者はキリストの冠に作られたイバラは *Zizyphus spina-christi* であると信じているということで、そのことは、「キリストのイバラ」を意味する種小名の *spina-christi* によく表されている。この植物は十数メートルの高さにまで成長する樹木で、冠に利用された可能性はあるとされている。しかし、実際の物理的な形態からしてもモルデンケは、*Paliurus spina-christi* の方がさらにその可能性が高いのではとしている。それは、前者よりもずっと丈が低く、一—三メートル程度で、まばらな潅木となるため手が届きやすいので、手ごろであることがその理由である。たわみやすい枝には葉のつけねに非常に硬い大小二本のとげがあり、そのうち一本はまっすぐで、長さ一・五センチぐらい、他方はかなり短く湾曲しているとのこと。こちらも学名をご覧になればおわかりのように、種小名は同じく *spina-christi* で、「キリストのイバラ」を示している。おそらくは、植物学者もキリストのイバラについてどちらか一方に判定しがたく、どちらにもその可能性を認めた結果であると考えられる。

なお、すでに見たように、イバラはアザミと同様に聖書の始めのアダムとイブが楽園を追放された場面にも登場し、以来この世の厳しさ、辛さを意味していたが、新約聖書の時代となり、キリストが人々の罪を担うその重さと辛苦のほどは十字架とともにイバラでも象徴されることとなった。

＊花ことば　（イバラの枝）苦難、過酷さ

オリーブ

モクセイ科オリーブ属　*Olea europaea*

鳩は夕方になってノアのもとに帰って来た。見よ、鳩はくちばしにオリーブの葉をくわえていた。

（「創世記」八章十一節）

聖書によれば、人間の犯したおびただしい罪が天にまで達し、神はこの地上に大洪水という罰を下そうとされた。ただ一人ノアだけが神の眼には正しき者として映り、そのため彼とその家族のみは救おうと決心され、彼にその秘密を語られた。神はノアに大きな方舟を作り、世界のあらゆる動物のつがいを乗船させるように命じられたという。四十日の間、昼も夜も大雨が降り続き、世界は

水で被われた。ノアとその家族はその間方舟にとどまり、水のひくのを待っていた。試みにカラスと鳩を離したが土の現われた証拠は得られなかった。が、ついに二度目に鳩を離したところ、引用の聖書の言葉のように鳩はオリーブの枝をくちばしにくわえて戻ってきたという。それ以来、鳩とオリーブは平和と友情のシンボルとなったとされている。ちなみに、ビクトリア朝の著名な植物学者であったバルフォアは、オリーブの木には長い間水に浸しても大丈夫な特徴が見られると指摘している。

種小名の *europaea* はヨーロッパを示すため、南ヨーロッパが原産地と考えられがちであるが、実際はそうではないという。北アフリカの現在のリビアからサハラ砂漠にいたる地域には第四氷河期にオリーブの大森林地帯があり、これが砂漠化するにつれて滅びたが、それにともないエジプトからクレタ島に伝わり、クレタ文明の時代（紀元前一六〇〇年頃）にギリシア地方で栽培が始まったとされている。さらに、同じ時代に小アジアに伝わったものという。一説では紀元前三〇〇〇年にはシリアでの栽培は始まっていたともされている。紀元前一二五〇年頃にはユダヤ民族により栽培が奨励され、地中海域に広く伝播したものらしい。

＊花ことば（オリーブの枝）平和、和解

レバノンスギ

マツ科ヒマラヤスギ属　*Cedrus libani*

彼が樹木について論じれば、レバノン杉から石垣に生えるヒソプにまで及んだ。

（「列王記 上」五章十三節）

主の木々、主の植えられたレバノン杉は豊かに育ち
そこに鳥は巣をかける。

（「詩篇」百四篇十六―十七節）

イスラエルの高い山にそれを移し植えると、それは枝を伸ばし実をつけ、うっそうとしたレバノン杉となり、あらゆる鳥がそのもとに宿り、翼のあるものはすべてその枝の陰に住むようになる。

（「エゼキエル書」十七章二十三節）

ここで「レバノン杉」とされているものは、ヘブライ語ではエレズ（erez）またはアーラージム（ahrahzim）と、ギリシア語ではケドロス（kedros）として表記される植物で、レバノンスギ（*Cedrus libani*）に同定されている。この木は非常に高く、四十メートル程度にまで成長し、幹の直

レバノンスギ
19世紀の挿絵

径も約三メートルになるという立派なものである。この木は崇高とされ、イスラエル人が知っていた木のなかでは、一番気高く、もっとも高く、もっとも大型とされていた。「エゼキエル書」には「丈は高く、梢は雲間にとどいた」(三十一章三節)という表現が見られる。英語の通称(Lebanon cedar)や学名からも察することができるように、この木はレバノン地方全域にその偉容を誇っていたために、「レバノンの栄光」(「イザヤ書」三十五章二節、六十章十三節)とも呼ばれていた。引用の最初のものは、その人並み優れた智慧で名の知られたソロモン王の知識の範囲の広さについて述べたもので、王は植物に関しては壁に生える丈の低いヒソップからもっとも高いレバノンスギに至るまで、つまり、あらゆる植物に彼は知悉していたことを物語るものである。

このレバノンスギに関してはシェイクスピアにもその偉容の様子が適切に描かれている箇所があるので『ヘンリー六世』から以下に引用してみよう、

かく、レバノンスギは斧の刃に身をゆだねる、
その腕が堂々たる鷲に身の休み処を与え、
その木陰のもとでは暴れものの獅子が昼寝をむさぼり、
その天辺の梢は、枝を広げたユピテルの木を見下ろし、
冬の強風からは、丈低い潅木を守り続けた、あの老木が。

すでに触れたように、ここに見られる「ユピテルの木」とは、オークの木のことで、その堂々たる勇姿からローマの最高神ユピテル（ジュピター）の木とされた。oak という名称は、ブナ科のナラ（*Quercus*）属の樹木の総称である。代表種は Common oak（*Q. robur*）で日本のカシワやナラにその形態が似ているとされている。普通、高さは二十五メートルにはなるというが、シェイクスピアの引用にも見えているようにレバノンスギには及ばないようである。

レバノンスギの木材には馥郁とした芳香があり、材質は堅く、永久に腐らないという。また、これで包んだものも永久に保存できるとされた。そのため、重要文書などをこの木で作った箱の中にいれたり、古代エジプト人はこれでミイラの棺を作ったり、この木から採った樹液をミイラに塗って、防腐剤として用いたともいう。古代ローマでもこの樹液を書物や書き物に塗って古文書を保存したと伝える。

＊花ことば　高貴、不朽不滅

ヒソップ

シソ科ヤナギハッカ属　*Hyssopus officinalis*

身の清い人がヒソプを取ってその水に浸し、天幕とすべての容器およびそこにいた人々にふりかける。

（「民数記」十九章十八節）

ヒソプの枝でわたしの罪を払ってください　わたしが清くなるように。
わたしを洗ってください　雪よりも白くなるように

（「詩篇」五十一篇九節）

引用の前者は、モーセの律法の一つで、死者のけがれを清める方法について述べたもの。後者は罪を犯したダビデが悔いて、神にその許しと清めを乞うている内容となっている。いずれの場合も清めのためにヒソップを用いる例である。ヘブライ語では ezob とか ezov と呼ばれていたが、この植物は何かという点ではかなりの紆余曲折があった。近代的植物分類法の確立者であるリンネにより当初このヒソップはヤナギハッカ（*Hyssopus officinalis*）に同定され、しばらくそのように認められていたが、次第に、聖地もエジプトもヤナギハッカの原産地ではないことが確認されたため疑問視されるようになった。モルデンケはこれは聖書のなかでも最も問題の多い、議論の余地のある植物であると断わりながらも、これを同じシソ科のハナハッカ属の *Origanum maru* ないし、その変種の *O. maru* var. *aegyptiacum* に同定している。この説は今では広く認められているようである。ヒソップはユダヤ教ではお払い、清めに用いられていたため、そうした象徴性を持つようになった。

＊花ことば　清らかさ、清浄

ニガヨモギ

キク科ヨモギ属の仲間の総称　*Artemisia*

「見よ、わたしはこの民に苦よもぎを食べさせ、毒の水を飲ませる。……」
（「エレミア書」九章十四節）

お前たちは裁きを毒草に
恵みの業《わざ》の実を苦よもぎに変えた。
（「アモス書」六章十二節）

……松明のように燃えている大きな星が、天から落ちて来て、川という川の三分の一と、その水源の上に落ちた。その星の名は「苦よもぎ」といい、水の三分の一が苦よもぎのように苦くなって、そのために多くの人が死んだ。

（「ヨハネ黙示録」八章十―十一節）

ニガヨモギ（wormwood）という呼び名は、だいたいは強い芳香を持った、草本および木本の、多くのヨモギの近縁種一般に付けられていた名前のようで、何か特定の一種について述べた呼称というものではないらしい。ヨモギの仲間で苦いものはすべてニガヨモギと呼ばれた可能性がある。ただ、現在、日本でニガヨモギと呼ばれているものは、特にこれらの代表種とされる植物で、英語ではCommon wormwoodと呼ばれる*Artemisia absinthium*を示しているようである。

聖書のなかのニガヨモギはヘブライ語ではラアナー（la'anah）、ギリシア語ではアプシントス（apsinthos）と呼ばれたが、これに当る植物は学名、*Artemisia judaica*ないし*Artemisia herba-alba*ではないかとされている。どちらも該当する和名は知られていないが、学名の後半で種小名を示す、前者の*judaica*は「ユダヤの」の意で、後者の*herba-alba*は「白いハーブ、草」を意味する。学名の前部で属名を示す*Artemisia*は、月の女神のアルテミス（ローマ神話ではダイアナ）に由来するとされたり、小アジアのカリア国の王、マウソロスの妻のアルテミシアに由来するともされている。このどちらも非常に苦いもので、そのためか、伝説ではニガヨモギはアダムとイブを誘惑したとして神から地を這うように呪われたヘビが、エデンの園で這った跡に生じたものであるとされている。その苦さから、特に聖書では引用の例からも確かめられるように、この世の辛さ、災難、悲しみなどの象徴となっている。また、ヘブライ人は苦味のある植物はすべて毒を持つと考えていたとされるが、引用からも毒との関連をうかがうことができる。多くの文学作品のなかではこの意味で用いられるが、よく知られたものでは『ハムレット』のなかで、彼が、

ニガヨモギ、ニガヨモギ

と傍白を言うくだりがある。これは劇中劇の王妃が死期のせまった夫からの再婚の勧めに対し激しい言葉で拒絶した直後の一コマで、観客にはこれが王妃のガートルドに対する厳しい批判となっていることがわかるしくみである。「これは苦いぞ、厳しいぞ」くらいの意味であろうか。

月の女神のアルテミスは女性の守神であったため、ヨモギは女性の病一般、特に、生理不順に用いられたり、死者の魂や冥界の鬼をこの世に連れてくる秘密の魔法にも用いられた。

この植物のなかでも苦さでは一、二を争うとされるニガヨモギを利用して、アブサンやヴェルモ

ット酒が造られた。アブサンは飲むと最初は陽気になったり、愉快になったり、気が大きくなったりするが、習慣的に飲用すると感覚が麻痺し、幻覚が生じ、譫妄状態になり、ついには痴呆化することが確かめられている。画家ゴッホの晩年の狂気の原因はこの酒を恒常的に飲んでいたためであるともされている。アブサンは非常に有害であることが判明したため、アメリカやカナダでは違法とされ久しく、フランスでもついに一九一五年にはその販売が禁止されたという。

ちなみに、ロシア語ではこの植物は「チェルノブイリ」と呼ばれる。「黙示録」の一節と照らし合わせると興味深いものがある。

＊花ことば（意味・象徴）　この世の辛さ、災難、悲しみ、道徳的厳しさ

ナツメヤシ

ヤシ科ナツメヤシ属　*Phoenix dactylifera*

神に従う人はなつめやしのように茂り
レバノンの杉のようにそびえます。
（「詩篇」九十二篇十三節）

聖書で「シュロ（ヤシ）」、「（ナツメ）ヤシ」の木とされているものは、ヘブライ語ではエロット（erot）で、ナツメヤシを意味する。属名の *Phoenix* はナツメヤシを示す古いギリシア語でフェニキア（Phoenicia）人によるともエジプト神話の不死鳥フェニックスによるともされている。種小名の **dactylifera** はギリシア語の「指」を意味する **daktylos** からで、指を広げたような形状の葉を生ずるため。今のシリアやレバノンなどの地方をかつてフェニキア（Phoenicia）と呼んだが、それは「ヤシのある土地」の意味で、これらの地域にナツメヤシが豊かに生えていたためだとされている。

この木は枝のない幹がまっすぐに三十メートル以上にも伸び、頂上の部分に二―三メートルの長さの羽状の葉が指を広げたようにかたまって生える。私たちがエジプトやアラビアの国を思い浮かべるときの異国情緒ある風景には必ずつきものの樹木である。この木の原産地はメソポタミア地方とされていて、少なくとも紀元前三十世紀には栽培化されていたと推定されている。エジプトには紀元前二十五世紀頃には伝えられ、ピラミッドの石碑にその樹形や果実の絵が描かれている。果実は果軸に房のように何百個もついていて、重量が十五キロから二十キロにもなるとのこと。熟すと紅褐色の果実は糖分を多く含み、果物のなかで最も甘いとされている。切った果軸からはシロップ状の液体が流れ出し、これから砂糖も、酒も作られる。聖書のなかで「強い飲み物」と記されているのはこの酒をさすものとされている。散在するオアシスには必ずといっていいほどこの木が植えられているため、隊列をくみ各地で交商した商人たちが投げ捨てた種子から自生したものと推測さ

ナツメヤシ
バルフォア『聖書の植物』(1866年) の挿絵

れている。この木は完全に成熟するまでに三十年かかり、その後百年ほどは生き続けるが、しだいに衰弱し、さらに百年くらいで死滅するとされている。

古来、フェニキアでも、エジプトでもこの植物は貴重な食物であるとともに、多様な用途に利用されてきたため、各地で神聖なものとして崇められ、極めて高い評価を受けていたようである。そのためか、かのリンネは植物を九の階級に分け、次のように人間の社会との対比をしたとされている。以下に『英米文学植物民俗誌』から引用してみよう、

一　palms（ナツメヤシ）→ princes（王侯）
二　grasses（草）→ plebeians（庶民）
三　lilies（ユリ）→ patricians（貴族）
四　herbs（ハーブ）→ nobility（王族）
五　trees（木）→ notables（名士）
六　ferns（シダ）→ colonizers（移民）
七　mosses（コケ）→ servants（下僕）
八　sea ware（海草）→ bond slaves（奴隷）
九　mushrooms（キノコ）→ wanderers（放浪者）

大きな羽状の葉の枝は行列に用いられ、勝利や世間的富のシンボルとなったり、また、古代、中世のキリスト教では拷問台、十字架、火あぶりなどの刑の苦しみから救い出し、天国へと導いてゆくため、天使がこの枝を運んでくるとされていたので、殉教のシンボルにもなった。ハロウィーンの翌日である「万聖節　All Saints Day」の、その翌日となる「万霊祭　All Souls' Day」（通例、十一月二日）にはヤシの葉が火に投げ込まれ、立ち上る煙りは、煉獄の苦しみから解放される霊魂の勝利を象徴するものとみなされた。また、キリストが受難を覚悟しながらエルサレム東方のベタニヤに赴いたとき、人々は「ホザナ、讃むべきかな、主の御名によりて来る者」と叫んで、手にナツメヤシの枝を持ってイエスを迎えたという故事にちなみ、「復活前主日　Palm Sunday」にはイギリスでは皆、手にヤシの枝を持ち、街を練り歩いたものという。もっともナツメヤシの生えていないイギリスでは通常、ヤナギ、イチイ、カラマツなどを代用として用いたということであるが。

ちなみに、イスラム教ではこのナツメヤシは預言者マホメットによって作られたものとされているようである。

＊花ことば　勝利

ヤナギ

ヤナギ科ヤナギ属の総称　*Salix*

バビロンの流れのほとりに座り
シオンを思って、私たちは泣いた。
竪琴は、ほとりの柳の木々に掛けた。
（詩篇百三十七篇一、二節）

これは他の詩篇とは成立年代が異なり、紀元前六世紀のバビロン捕囚時代のイスラエル人の哀しみを詠ったものとされている。ヤナギはヤナギ科ヤナギ属（*Salix*）の各種の落葉性の樹木、潅木の総称。川岸、沼地などの湿った所を好み、枝をたらす種類が多い。学名のラテン語 *Salix* は、成長が早いため「飛ぶ」を意味するラテン語の salire に由来するとも、ケルト語の「近く」を意味する Salと、「水」を意味する lisとの合成語に由来するともされている。

旧約聖書では oreb ないし orebim、また、aravah ないし arabim（aravim）と呼ばれている植物が多くの場合ヤナギに該当する。また、エゼキエル書の場合にはヘブライ語の tzaphtzaphah も同様にヤナギと訳されている場合があるという。ギリシア語では itea がそれに該当する。

この詩篇に登場するヤナギは普通はシダレヤナギ、イトヤナギ（*Salix babylonica*）に同定されているが、これは近代植物学の創始者であるリンネの命名によるものである。しかし、モルデンケは中国や日本が原産とされる「シダレヤナギ」がこれらの地方と交易のなかった紀元前五七〇年頃のエゼキエルの時代に移入されていたはずはないのでこの同定は誤りであると判断している。もっとも、一九五〇年頃にはその地方に普通に見られ、なかば帰化しているものが眼にされることは彼も認めてはいるが。彼はこの木はその地に生えるポプラの一種、コトカケヤナギ（*Populus euphratica*）であろうと推測している。現在では、この同定がおおむね正しいものとされているようである。確かに、このシダレヤナギは今では中国が原産と確定しているので、この判断は正しいとは思われるが、詩篇の文脈では、故郷を遠く離れ、囚われ人となったイスラエル人のやるせない悲しみを表現する木としては、シダレヤナギであると考えたくなるのは自然であり、頷ける。英語ではシダレヤナギは weeping willow（嘆き悲しむヤナギの意）というので、まさしくピッタリの表現となっている。この木が詩編の木であるとする学者も若干はいるようである。

＊花ことば　（シダレヤナギ）悲しみ、悲嘆

3 中世の花ことば

中世の花の象徴やその時代に由来する花ことばに入る前に、中世の庭の構造について簡単にお話ししなければならないであろう。というのも、この当時大きくわけて、修道院の庭と、世俗の庭つまり、王侯貴族、富裕な商人などの所有する庭があったが、どちらにも共通する特徴が見られ、それが花ことばと密接に結びついているからである。

まず、修道院の庭から説明すると、そこには多くの修道士がいたし、自給自足が基本とされた関係から、日々の食料生産のための菜園やしばしば生じたと想像される病を治療する薬を調達するための薬草園などの実用としての側面と、信仰生活ではきわめて重要とされた瞑想のための瞑想の庭や儀式用の花を準備するための花園などの宗教的、装飾的側面があった。また、特徴的なのは中庭で、そこは柱廊に囲まれて、緑の芝生《グリーン・コート》で被われ、井戸があり、木もあって勤労と勤行を中心とした毎日のなかで、通りすがりに眼にすることが多かった修道士には一時の慰めを与えていたと思われる。ここはしばしばパラディソス（パラダイス）、つまり、天上の楽園と呼ばれた。しかしながら、このパラディソスという言葉は、当時、天上のものか地上のものかそれほど区別なく用いられたという指摘もある。

中世の時代には多くの修道会があったが、ベネディクト派の修道士は特に花を愛でたとされており、どの修道院にもパラダイスと呼ばれる庭があったという。モンテ・カッシーノにあったこの派の修道院には最初の薬草学校が設立され、その後の薬草園（physic garden）の原型になった。E・S・ロードは九世紀のある修道院の様子を次のように伝えている、「図面には菜園と薬草園が記載されており、前者には小道の両脇に九面ずつ全部で十八面の四角い苗床があり、後者には中央の歩道と壁にそって両側に四面の苗床がありました。菜園のむこうには墓地と果樹園があり、そこにはリンゴや西洋ナシの他に、西洋カリン、クワ、ハシバミ、クルミそしてアーモンドが植えられていました」。また、彼女は十二世紀にカンタベリーにあった修道院についても、寮と養護室との間のスペースを大きく占めていた植物標本室や果樹園、ブドウ園などの様子も伝えている。当時は現在よりもっとふんだんに教会は花で飾られていたため、花を調達する庭が是非とも必要とされた。イートン・カレッジには教会の壁と回廊の壁との間に、ヘンリー六世の寄贈になる小さな区画があり、礼拝堂を飾る花を育てるためだけに用いられたと伝えられている。

当時、薬学は修道士の特権とされたもので、基本的に薬草学、薬学の知識は口伝によるかラテン語の手稿本《マニュスクリプト》で伝えられたとされている。バルトロメウス・アングリカスの著作や『メイサーの植物誌』と一般に呼ばれる韻文の本草書などが今に伝えられている。こうした事情はシェイクスピアの『ロミオとジュリエット』のローレンス修道士の姿にもうかがい知ることができる。チョーサーの死後百年以上経ちチューダー朝の時代となって初めて英語の植物誌（Herbal）が出版された。『大植物誌』（一五二五年）、『バンクスの植物誌』（一五二六年）などであるが、植物は名称のアルファベット順に記述されていて、分類の考えも見られず、また、図版も非常に単純化された未熟なもので、同定の役には立ちそうもない代物で、未だ形式、内容の面で中世的な要素を多くとどめていた。

次に世俗の庭であるが、当時は普通それほど大きくなく、敷地は高い壁で囲まれていたとされている。花壇のなかに花もいくつか植えられたが、様々な果樹が植えられ、全体としては果樹園としての特徴が顕著であった。特に、チェリーやリンゴの木が好まれたようである。時代はだいぶ後のこととなるが、シェイクスピアでは、現在では果樹園の意味でのみ用いられる orchard という言葉が「庭（園）」の意味でしばしば用いられており、こうした経緯を物語っているのかもしれない。こうした庭には芝が敷かれ、様々な花がそこから顔をのぞかせていた。また、適度の陰をつくるた

『薔薇物語』の挿絵（16世紀）
大英博物館（ロンドン）

めの木が植えられていた。当時、トピアリーもあったようであるが、簡素な形で、エリザベス朝で流行したような珍奇なものではなかったとされている。ほとんどの場合、泉や噴水があり庭のおもに中央部に置かれていた。そして、この泉は汲めども尽きぬ永遠の生命の象徴として重要な意味を持っていたようである。様々に意匠をこらした泉や噴水があったが、そのなかでも、ロードは大英博物館にある『薔薇物語』の挿絵細密画に描かれている球形の噴水が最も美しいものであろうとしている。

中世にとくに好まれた花やハーブ、野菜は、バラ、ユリ、アオイ、シャクヤク、プリムローズ、カウスリップス、デージー（ヒナギク）、ラベンダー、カノコソウ、ヒソップ、スミレ、ジギタリス、ツルニチニチソウ、セージ、クラリセージ（オニサルビア）、タイム、バジル、カッコウチョロギ、キンミズヒキ、ローズマリー、カモミール、フェンネル、ボリジ、マジョラム、パセリ、レタス、ニンニク、ミント、ヘンルーダ、サフラン、ニガヨモギ、タンジー、イチゴなどである。これらは地植えされる他に、鉢にも植えられ愛でられている様子が当時の本の挿し絵に描かれている。

こうした構図、つまり、庭を壁で囲い、芝生を敷き、果樹や木陰のための木が植えられ、美しい花々を年中途切れないようにちりばめた、泉や噴水を持つ庭は、天国や、地上の楽園、エデンの園を象徴的に表現したものであることは明らかであろう。「囲われた庭」（hortus conclusus）であり、「常春」（ver perpetuum）の園である。もともと、天国（Paradise）は「周りを囲った所」、「公園」

を意味する古ペルシア語のpairidaezaが、ギリシア語のparadeisos、そしてラテン語のparadisusなどを経てイギリスに到達したものである。また、エデン（Eden）は語源的にはヘブライ語に由来し、「快楽」、「喜び」の意味である。

よく知られた中世の庭の典型の一つとして、フランクフルトのシュテーデル美術館にある《聖母マリアの庭》ないし《小さな楽園の庭》（一四一〇年頃）と一般に呼ばれる絵の庭が指摘できよう。そこでは壁で囲われた小さな庭は、一面、芝や雑草で被われ、チェリーと思しき果樹や木陰のための木の他に、シラユリやバラやアイリス（王家の象徴として、マリアがダビデ家につながる象徴）、スズラン、カウスリップ（キバナクリンザクラ）、イチゴ、セージの仲間、デージー（ヒナギク）、アオイの仲間、シャクヤク、ニオイアラセイトウ、それにカーネーションと思しき花などが咲いている。聖母マリアは庭に座り本を読む姿で表されている。赤い服の聖女は子供のキリストと楽器を楽しみ、天使は物思いにふける様子で羽を休めている。ある乙女は泉から水をくみ、他の乙女は果物をつんでいる。様々な小鳥は壁の上や木の上でさえずっている。これはまさしく天国（Paradise）や地上の楽園（Eden）を表現したものと言えるであろう。こうした中世の庭は「歓楽の庭」（The Pleasure garden ないし Plaisance）と呼ばれた。

ここでは、おもにこの楽園に見られる花やハーブなどについていくつか触れて、中世の花の象徴、花ことばを見てみることにしよう。

上ライン地方の画家 《聖母マリアの庭》 1410年頃
シュテーデル美術館（フランクフルト）

バラ

おそらく、人類の歴史始まって以来、世界のどの花にもましてバラは美しいものの代表として引き合いに出されてきたものと思われる。そのため、時代により様々な意味を持ち、非常に多義的な象徴性を有している。ギリシア・ローマ神話等のバラの起原に関する点についてはすでに触れたので、ここでは、バラの主としてキリスト教にまつわる象徴について述べることにしたいと思う。また、世俗的な面や香りにまつわる側面についてはエリザベス朝の章でも再度ご紹介しようと思う。

バラはその赤い色との連想から初期キリスト教の時代には、キリストの受難や殉教の血を象徴するものであった。しかし、この受難の意味はしだいに薄れてゆき、キリストとしてこの世に姿を現した神の愛の象徴となった。ロードによれば、この意味の変化はピッティ宮殿にあるボッティチェリの《東方三博士の礼拝》に見られ、バラに囲まれた庭園のなかで天使によって御子キリストの上に振りまかれているバラの花びらにこのことは象徴的に描かれているとしている。バラが振りまかれる構図ではないが、花や蕾みをつけたバラの枝が背景に配されている、ルーブル美術館やウフィツィ美術館にあるボッティチェリのいくつかのいわゆる「薔薇園の聖母」にもそのことは読み取れそうである。また、中世の多くの絵画に、天使や祝福された魂がバラの花輪を身につけている姿で

ボッティチェリ《薔薇園の聖母》1468年頃
ルーブル美術館（パリ）

描かれていることから、バラは天国での喜びを示すともロードは述べている。このようにバラの意味合いは深化し、さらには神秘の聖母マリアそのものや、キリスト教の秘義そのものを象徴するものともなった。実際、詩人ダンテの『神曲』には「かしこに薔薇あり、こはその中にて神の言肉となり給へるもの」との言葉が見えており、ここでは薔薇は聖母マリアそのものとされている。これは数世紀を経てリルケがバラをこの世界のテキストそのものとして、「ただ一輪の薔薇　それはすべての薔薇」と述べた思いと相通じるものがあるのかもしれない。

ローマ教会では、祈りのときにロザリオ（rosary）を繰って用いるが、この音感や語形からも想像されるように、これはバラと密接な関係があった。キリスト教の初めの頃は、バラを糸で刺したものを使っていたが、次第に、バラの花びらを球形に押し固めたものやバラの葉を球状に圧縮して作ったものを使うようになったとされている。十五個の大きな珠は主の祈り（Paternoster）のために、百五十個の小さな珠はアヴェ・マリア（Ave Maria）の祈りのために用いられる。

このロザリオにまつわるキリスト教の伝説についてスキナーは次のように述べている。ある若者は気ままに暮らしながら、毎朝バラの花飾りを編んではそれを聖母マリア像にかけて独り楽しんでいたが、修道僧となったために、このお気に入りの日課を果たすことができなくなり、次第に良心の呵責を感じるようになった。そこで、年上の同僚に相談したところ、「祈りは天国においてバラの花と同じように受け入れられるはずだから、毎朝、アヴェ・マリアのお祈りを何回も何回も唱えるように」との答えが帰ってきたということである。ある日、この若者が暗い森の中で立ち止まり、お祈りを捧げていたところ、盗賊の一団が彼の祈りを耳にし、そっと木の陰からその様子をうかがっていると、「一条の光が地面から立ち上り、光のもやとなって若者を包んだ。それは頭の辺りにただよいながら、やがて濃密になり、威厳ある女性の姿をとった。若者はその姿を見ることができず、もちろん盗賊たちのいることも眼に入らなかった。ところが、この女性は身をかがめ、若者の唇に手を置いて、五十本のみごとなバラをそこから引き抜いた。なんと、若者の口から出る祈りの言葉はバラの花になっていたのである。そしてその女性は、それを束ねてキラキラ光り輝く花冠にし、若者のうつ向いた頭に載せた。盗賊たちはびっくりし、感動し、若者に和して祈りながら、自らの邪悪な生活をお許し下さいと願い、以後生活を改めることを誓った」としている。スキナーは彼らはすぐにその若者の入っている修道院の仲間入りをしたと最後を締めくくっている。

バラにまつわる祭りや行事もヨーロッパには多く伝えられているようである。なかから二、三ご紹介しょう。まず、バラ日曜日（Rose Sunday）というヨーロッパ中世に由来する祭日があり、現在のアメリカでも行われていると一九一〇年当時スキナーは述べている。これは、聖母マリアが天国に昇った後に、バラとユリがその墓を埋めつくしているのが見つかったという伝説を記念するもののようである。また、彼はパリ郊外のサレンシーで行われているバラの女王の戴冠の様子も伝えている。このバラの女王の伝統は五世紀から伝えられたもので、最初に選ばれたのはノワイヨンの主教、聖メダールの妹であったとしている。この肩書きを引き継ぐ資格があるのは、「もっともやさしく、可愛く、貞淑であると判定された乙女である。乙女はまた、ちゃんとした家柄の出でなければならない。なぜなら、サレンシーのバラの女王は、実際上はその地方の領主によって認証され、選定が行われた日の次の日曜日の説教の席でその名が発表され、どんなことであれ、その乙女がこの栄誉を受けるにふさわしくないという事情のあることを知っているものは、すべて公表するように命じられていたからである」とのこと。このバラの女王の全氏名は聖メダール寺院のチャペルに刻まれることになるのだが、二、三人の名前は、のちに堕落したという理由で消された例もあると述べられている。スキナーはこの行事と娘に結婚の持参金代わりにバラの冠を持たせるフランスの田舎の風習との関係を推測しているが、これらは明らかに、バラの女王と聖母マリアとの類似性を祝すものと思われる。毎年、立派な家柄と徳をそなえた乙女を選出し、聖母マリアに似つかわしい者としてなぞらえ、そのことを記念するものであることは明瞭であるように思える。

バラは《聖母マリアの庭》では左端の木の下の壁際に描かれている。

まったく種類は異なるが、その色の具合からか、カーネーションもほぼバラと同じ意味合いで用いられたものらしく、同じく《聖母マリアの庭》のなかでも、聖母のすぐ近くに描かれているように見える。キリスト教の伝説では、この植物は十字架にかけられるキリストを見た聖母マリアが落とした涙のあとに生じたとされたり、キリストの誕生とともに生まれたともされている。

＊花ことば（象徴） 殉教、キリストの受難、神の愛、聖母マリア、（キリスト教の）秘義

ユリ

ユリ科ユリ属の総称　*Lilium*

ユリは約百種類にも及ぶユリ属（球根植物）の総称である。花は、白、淡紅色、薄紫など多様で、多くの種類には内側に黒い斑点がある。人間との関わりは古く、マドンナ・リリー（*Lilium candidum*）などはすでに紀元前一五〇〇年頃、ギリシアのクノッソス宮殿の壁画にかなり正確に描かれているとのことである。以来、ヨーロッパの絵画に描かれているのは主にこの種類で、マルタゴン・リリー（*L. martagon*）なども多いようである。一般に聖母マリアのユリとされるのはマドンナ・リリーである。しかしながら、昔から世界の各地で、ユリ（lilia）の名称の下に様々の花が呼ばれてきたため、時として同定することが困難な場合がある。特に、聖書のユリは同定が非常に困

難なもののようである。「雅歌」二章一節の「わたしはシャロンのばら、野のゆり」や「マタイ福音書」六章二十八、二十九節の「なぜ、衣服のことで思い悩むのか。野の花がどのように育つのか、注意して見なさい。働きもせず、紡ぎもしない。しかし、言っておく。栄華を極めたソロモンでさえ、この花の一つほどにも着飾ってはいなかった」と描写されているユリや野の花の場合も同じで、多くの学者の考証にもかかわらず、未だどの植物をさすものか確定されてはいない（かつて「野の花」は多くの聖書訳では「野のゆり」とされていた）。一説では、これはガリラヤ、パレスチナ地方に多いアネモネの一種であるボタンイチゲ（*Anemone coronaria*）ではないかとか、パレスチナ地方に特有のカモミール（*Anthemis palaestina*）ではないかなどと推定されているが、多くの人を納得させるまでには至っていないようである。それほどありふれたものではないが、いわゆるマドンナ・リリーも聖書に関わる地域で眼にされることがあるため、この植物を聖書のユリとする場合もあるようである。

七、八世紀イギリスの聖職者であり、歴史学者でもあったビードはシラユリは聖母の象徴であり、黄金色のおしべは彼女の魂の美しさを、白い花弁は彼女の純潔の肉体を表すものと述べている。ギリシア神話では、ゼウスはアルクメネとの間にもうけた我が子ヘラクレスを不死のものとするため、妻のヘラの眠っている時をねらい乳を吸わせたが、こぼれた乳が天上では銀河（Galaxy、Milky Way）となり、地上にこぼれたものはシラユリとなったとされている。そのためか、古くは天上的な幸福の象徴であったが、キリスト教においてその白い清純な花弁は自づから神秘的な意味合いを帯びて、聖母の純潔と結びつくようになった。ある伝承では、それまで黄色であったユリは、聖母マリアが摘んだときから白くなったとされている。聖母マリアは、中世を通じて幼子のキリストや天使のガブリエルがマドンナ・リリーを手に持つ構図や、花瓶にユリが配された構図など様々な様子で描かれているが、いずれも聖母の清らかさを象徴していることには変わりがない。なお、おしべ、めしべは生殖をイメージさせるためか、キリスト教の儀式や教会ではこれらを取り去ってから用いられたものとされている。

ロードは四世紀に存在した聖カテリーナにまつわる有名な話を伝えている。彼女はある幻のなかで天使がシラユリの冠を身につけて彼女に会いに来るのを見たということである。キリスト教の伝説では、それまでは香りのなかったユリが奇跡のように香りを発しはじめたため、父であった皇帝コスティスもそれに心打たれキリスト教に改宗したものとされる。そのためか、カテリーナという彼女の名前自体が「純真」を意味するようになったという。

＊花ことば（意味・象徴）（シラユリ）純潔、純真、処女性

スズラン

ユリ科スズラン属　*Convallaria majalis*

スズランは英語では lily of the valley と呼ぶが、これはラテン語訳聖書の lilium convallium の逐語訳という。この植物は広くヨーロッパに自生し、スコットランドではまれであるが、イングランドの森にはよく眼にされるという。ちょうど五月に花を咲かせるため May lily とか May flower と呼ばれた。他に Conval lily とも呼ばれたようである。学名の *C. majalis* も「五月の谷間の（ユリ）」の意味。ベル状の小さな花を下向きに咲かせるこの植物はよく知られている。これはキリスト教では聖母マリアの花とされていて、英語の俗称の Our Lady's（virgin's）tears やフランス語の larmes de Ste. Marie（どちらも、聖母の涙の意）はその事情を伝えている。また、象徴や花ことばの多くは、控えめで、慎み深いとされた聖母マリアの徳を讃えたものである。

この花にまつわる古いサセックス地方の伝承、フランスの伝承がある。どちらも似かよった内容であるが、サセックスのものをここにご紹介しよう。かつて、聖レオナードという隠者がホーシャムの近くの森で巨大な龍と長時間闘ってようやく倒したと伝えられている。彼は深い傷を受けたが、彼の血がしたたったところにはスズランがまるで彼の闘い振りを讃えるかのように咲き出したとされている。今でもホーシャムには、聖レオナードの森というものがあって、一面スズランで被われているとのこと。先に触れた《聖母マリアの庭》のなかでは、幼いキリストと楽器を楽しんでいる聖女の足下にスズランは描かれている。二人のすぐ上には聖母マリアが配されており、まるで、英語やフランス語のこの花の古い呼称、「聖母の涙」を暗示するかのようである。

＊花ことば（意味・象徴）　純潔と謙譲、慎み深さ、よみがえった幸せ、聖母の涙

スミレ

スミレ科スミレ属の総称　*Viola*

スミレ属は世界で十九属約九百種とされている。イギリスでも一般的な図鑑には二十五種類ほどが記載されているが、そのなかでも代表的なものはニオイスミレという和名を持つ *Viola odorata* であろう。文学作品に現われている多くのものはこの種類をさすようである。種小名の *odorata*（香りの良い）が示すようにこれは芳香を発し、花の可憐な美しさと相まって、古来、人々に愛でられてきた。

スミレの花も非常に多義的な花であり、重層的な意味合いがあるので、ここでは主にその起原に

まつわるものとキリスト教にまつわるものに限定しよう。ギリシア・ローマの伝説では、この花は音楽の神であったオルフェウスに捧げられたらしく、彼が竪琴を置いた（一説では、竪琴が落ちた）ところに咲き出したもので、清らかな音楽を体現したものとされている。さらに、同じくギリシア神話のなかで、この花はゼウスに愛されたため、その妻のヘラに憎まれ、牛の姿に変えられたイオを憐れんだ神々が彼女の食べる草として特別にスミレを生み出したとも、イオの息吹きから生じたものともされている。もっとも、これはたぶんに、ギリシア語のスミレ（ion）とイオ（Io）とのきわめて類似した音感から、この神話に思い至ったのかも知れない。また、このかわいらしい花にはおよそ似つかわしくない神話もある。フリュギア地方では河神サンガリオスの娘ナナが美しい木の実を胎に宿し月充ちて生んだとされるアッティスが自らの男根を切った血からスミレが生え出したとされている。確かに、固まった血は、濃い紅色であるから濃い紫色のスミレとの連想がない訳ではないが。

キリスト教ではスミレは常に謙譲の象徴であった。とりわけ、地上に人間の形として現れたキリストの謙譲の象徴であった。中世を通じて多くの絵画にその意味を込めて描かれている。《聖母マリアの庭》では左端の方に、かごの側に目立たないように描かれているのがスミレのように思われる。また、この花に関して、あるキリスト教伝説は、キリストが磔になった日に、十字架の影が落ちたところに咲いた花の一つがスミレであったとも述べている。スミレのうなずくような、頭を垂れたような様子からキリストの死を悲しんでいるという風に直感的に把握されたものであろうか。シェイクスピアの『夏の夜の夢』では「そこには、オックスリップやうなずく様子のスミレが生え……」と表現されている。

＊花ことば　（青花）誠実
（白花）謙譲、無垢

オダマキ

キンポウゲ科オダマキ属　*Aquilegia vulgaris*

オダマキは《聖母マリアの庭》には見えていないようであるが、中世の花の象徴性では重要であるので、ごく簡単ながら触れることとしよう。これについてはエリザベス朝の章で詳しく述べることとする。

オダマキの下向きになった花の形をよく見ると鳩が寄り添ったような様子をしている。英語ではオダマキは columbine であるが、これはラテン語で鳩を意味する columba に由来している。なお、学名のオダマキ属を示すラテン語の *Aquilegia* は、角のように突き出た蜜腺（距）の形態がワシ（aquila）の爪に似ていることに由来するという説が有力である。

聖霊は鳩の形をして地上に降り立ったという聖書の記述から、鳩は聖霊を意味し、聖霊の恩寵を象徴することとなった。オダマキの花弁は実際は五弁であるが、神からの聖霊の恩寵の賜物は七つあると解釈されていたので、初期フランドル派の画家たちはわざわざ二弁を付け加えて七弁の花を持つものとして描いたとされている。

＊花ことば（意味・象徴） 聖霊（の恩寵）

デージー

キク科ヒナギク属　*Bellis perennis*

人みながそをデージーと、或は、
太陽の眼と呼ぶのも宣なるかな、
そは花の女王、花の花なればなり。

デージーは和名ではヒナギクと呼ばれる。英語の daisy は「太陽の眼」を意味する古英語の daeges eage が変化して成立したものである。『オックスフォード英語辞典（O.E.D.）』では、花が朝に開いて夕方には閉じる様が、つまり、朝夕にまるで眼を開閉するように、中央部の黄色い部分を白い花弁が開いたり閉じたりする様子からと説明している。一説では花の形態が太陽に似ているためであるともされている。また、開花前の蕾や花冠の白い状態が真珠を思わせたものらしく、フランス語ではこの花は真珠と同じく Marguerite と呼ばれていた。英語でも古くは Margaret はデージーを指していたが、次第に、フランスギク（ox-eye daisy）を意味するようになった。ちなみに、これはもともとは「真珠」を意味するギリシア語の margarites が語源であるが、ラテン語の margarita からフランス語を経由してイギリスに伝わったもののようである。なお、学名の *Bellis* については、ローマ伝説の木の妖精である Belides（Bellis）にちなむとされたり、ラテン語の「美しい」を意味する bellus に由来するとか、「戦争」の意味の bellum からであるなど諸説がある。最後のものはこの植物が戦争の傷の止血作用があったためとされているが、この説を裏付けるかのように、この植物の英語の古名には bruisewort（傷の草の意）があり、痛みをともなうあらゆる病気に用いられたとされている。また、十四世紀頃にはこの塗り薬があり、傷や他の病気に用いられたという記述も見えている。

この花の形にまつわる古い言い伝えがイギリスにはある。六世紀末にイギリスの地を踏み、初代カンタベリーの大主教となった聖アウグスティヌスは、ある日、野に咲くヒナギクを手に取り、黄色の中心部から白い花弁が多数放射状に広がっている花の形を見ながら、彼は子供たちに説教して、まるで太陽からの光があらゆる方向に広がり、あまねく照らすように、神の正義もそれぞれの心の中に広がり、反映されて、それぞれの心は清らかに、善に満たされるであろうと述べたと伝えられている。そのためか、古来、ヒナギクはみどり子キリストの無垢の象徴とされてきた。また、古くからデージーは貞節の象徴でもあり、一説ではドイツから伝えられたものとされているが、これを用いて恋占いする風習があった。

冒頭の引用はチョーサーからで、彼のデージー好きの程はよく知られている。この植物はあらゆるところに花を咲かせる非常にありふれた花であるためか文学作品では子供時代の思い出との連想が強くあって、多くの著名なイギリスの詩人に愛されてきた。最後にクレアーの詩をご紹介しよう。

足に踏みしだかれて
デージーは生き長らえ、その小さな根を
時のふところへと張ってゆく、幾世紀か来たり

沈黙の奥津城へと過ぎ去ろうとも
時の胎に隠されていた子供達は、いつの世も
微笑んではその花を摘むだろう！　この素朴な詩が
墓地の石ころのように忘れ去られようと
人知れずひっそりと生き長らえようと
このありふれた年月の千八百年が
その歩みのなかで何千年になろうとも
そう、いつの世も、子供達はその眼に喜びをたたえ
デージーだ！　と叫ぶだろう……あのなじみある声で……
まったく同じように駆けていっては、それを摘むだろう

＊花ことば（意味・象徴）（野生種）心に留めておきます
（白）あこがれ、無垢、処女性、貞節

イチゴ

バラ科オランダイチゴ属　*Fragaria vesca*

イチゴで私たちが普通に眼にするものは栽培種（*F. ananassa*）である。これは野生種（*F. vesca*）を改良したものであるが、和名はエゾノヘビイチゴ。ここでは本来の野生のイチゴについて述べることとしよう。この野生のイチゴは、あるものの本によれば香りの点では栽培種にまさるという。また、イギリスよりもフランスでの方が実際に利用され、賞味されているともいう。十五世紀のロンドンの街角では、「イチゴが熟したよ（Strabery ripe）」とか、「マメも新鮮だよ（Gode Peascode）」とか、「チェリーも旬だよ（Cherrys in the ryse）」というかけ声があちらこちらに聞こえたものとも伝えられている。

『英米文学植物民俗誌』によれば、この植物は古代ゲルマンでは女神フリッガ（Frigga）に捧げられ、彼女は死んだ幼児をこのイチゴの茂みに隠し、子供の魂を天国に送ると信じられていた（フリッガとこの植物の結びつきは深く、学名の *Fragaria* は女神の名に由来している）。この信仰がキリスト教への改宗にともない、そのまま聖母マリアにすり替えられたもののようである。中世を通じてこの植物は聖母マリアのエンブレムであった。そういうこともあって、聖母マリアに関する伝説がかなり見られる。このことにまつわるキリスト教のある伝説についてスキナーは、「実際、マリアはイチゴが大好きになったので、生えたものをすべて欲しがるようになり、もし、天国の門に唇にイチゴのシミをつけた母親がやってくると、慈悲深き聖母でありながら、自分の畑を侵害した罪でその女を地獄に投げ落とすと人々は信じていた。一説によるとこのような信仰がなぜあるかというと、天に召された幼児はイチゴの姿をとるので、そのため、この世の人々は、イチゴを食べるといつ共食いの罪を犯しているのか、わからなかったからで、安全のためには食べないにしくはなかったのである」と伝えているが、これを見るといまだにゲルマン時代の女神フリッガの影響が色濃く感じられる。また、聖ヨハネの日（St. John's Day、六月二十四日）には聖母が子供たちを引き連れて、イチゴを摘みに出かけるとも信じられていた。さらに、子を亡くした母親がこの日にイチゴを食べれば、天国にいる子にはこの実が口に入らないともされた。

中世の花ことばでは、野生のイチゴはキリスト教の初期から「徳の成果」とみなされていたようである。もちろん、これは聖母マリアが徳の結実として救い主キリストを生んだことを象徴している。

＊花ことば（意味・象徴）　聖母、徳の成果
（全体）愛情ならぬ敬慕
（花）先見の明
（葉）完全性

4 エリザベス朝の花ことば

中世の主として宗教的な象徴性を特色とする花ことばから、現世の恋愛のテーマを主とする近代の「花ことば」まではまだ、相当の隔たりがあるようである。この章では、近代的な「花ことば」の成立に重要な役割を演じたと思われるルネサンス期の花ことばに焦点を当ててみたい。とは言え、筆者の専門性からして、イギリス以外の国のこのテーマに関する知識も資料も十分には持ち合わせていないため、イギリスのエリザベス期の文学作品に自ずからその対象が限定されるようである。

さて、このエリザベス朝期には政治、経済の面以外にも諸々の学芸が開花し大きな発展をとげ、イギリスがあらゆる領域でダイナミックに変化した時期でもあった。そのため、これから本題に入る前に、この期の時代背景とその特徴について主に植物に関連して簡単に触れねばなるまい。

E・S・ロードはエリザベス女王時代の庭の特徴について「私たちのエリザベス朝の先祖の庭はま

さしく香りのある庭でした」と述べている。彼女は続けて、「イギリスの歴史を通じて、花の香りがこれほどまで敏感に賞味された時代はなかったと申し上げてもおそらく言い過ぎとはならないでしょう」と結んでいる。このようにエリザベス朝の庭にはどの時代にもまして芳しい花々が咲き乱れていたようである。それではこの時代の庭はどんな様子をしていたのであろうか。確かに、庭を壁、板塀、生け垣などで囲い、外界とは遮断する点では中世の庭と基本的には同じであり、「盛り土した花壇」や「井戸」「噴水」などの特徴をまだ留めてはいたが、いくつか変化した点がある。この時代は、外壁のすぐ内側にはテラス、歩道を巡らし、庭の全体の様子を見ながら散策できるようにしたり、さらにそのなかに格子垣などで囲った内庭を作り、その中央部に結び飾り花壇《ノットガーデン》(Knotted garden)などを配置する形式が流行した。後で触れる、ケニルワース城などにはその場所に立派な八角形の水盤の噴水があったとされている。その周囲には方形の花壇が小道で四角に区切られ、年中花が絶えないように様々な花が植えられていたようである。これは古《いにしえ》よりの楽園の伝統である、「常春」(ver perpetuum)のなごりとも言えるものかもしれない。庭の端などには東屋(arbour)が置かれたり、要所要所にトピアリーが配されていた。当時著名な庭師であったトーマス・ヒルの『庭師の迷宮』(一五八六年)には、チューダー朝の典型とされてる庭の図、および東屋の作り方を示す図等がある。こうした庭園で一時は一世を風靡したかのように流行したノットガーデンであったが、十七世紀の初頭にはすでに「古臭い」と考えられ、急速に衰微した模様である。

それに代わってその頃から日時計が流行したとある本は伝えている。

この時代、ヘンリー八世の治世期からハンプトン・コート、ティブルズ、ノンサッチなどの豪壮な庭園がいくつかあったが、エリザベス女王自身は倹約家であったこともあり、リッチモンド宮殿もハヴェリング・アト・バウアーの庭園にしても非常に質素なものであったようである。しかし、彼女の治世下で平和な時が続くと諸侯は競って大規模な庭園を造ったとされており、特に、続くスチュアート朝に入ってからはその傾向が強まったとされている。ただ、エリザベス女王の寵愛を受け、一時は権勢を極めたレスター伯ロバート・ダドレーの居城であったケニルワース城の庭園でさえよく見てみると意外と小さかったようである。彼女はこの城をダドレーに一五六三年に与えた。その翌々年には初めての行幸を試みており、都合四回も訪れているので、その寵愛振りがうかがわれる。彼は彼女を迎え入れるためか何度か改築を試みている。毎回接待は贅をこらしたものだったのであろうが、特に、最後の訪問となった一五七五年には、滞在も十九日間にも及び、花火や水上の饗宴を盛り込んだその盛大な歓待振りは後世の語り種となった。そしてその庭園は城壁にそった堂々たるテラスや噴水、大きな鳥用のおりなどがあり人々の評判を集めていた。しかし、その非常に立派だったとされている庭園も、現在残っている図面からすると幅が三百フィート（百メートル）程度、奥行きがせいぜい三、四十フィート（十―十三メートル）であるからかなりこじんまりした庭園であったことがわかる。したがって、エリザベス朝初期の庭園は概して小さくまとまったものであったと思われる。

こうした庭に、スミレ、スイセン、ヒアシンス、オダマキ、アイリス、パンジー、ビジョナデシコ（sweet Williams）、タチアオイ、バラ、そのなかでも特に、ダマスク・バラ、マスク・ローズなどの鮮やかな花や香りのある花々が一年中咲き誇っていたとされている。また、この当時、大航海時代でもあったため世界各地の珍しい植物が移入された。例えば、コンスタンティノープルからは黄色の八重のバラが、ポーランドからはヨウラクユリ（Crown imperial）や黄色のカーネーションが、さらに、新大陸からはムラサキツユクサがジョン・トラデスカントによって持ち込まれた。ついでに言えば、そのことを記念してムラサキツユクサはトラデスカントにちなみ *Tradescantia reflexa* と命名されている。彼はまたロンドン名物となったプラタナス、さらに、チューリップノキ（tulip tree　ユリノキともいう）、リラなども移入した。ナスタチュームもこの頃に移入されている。

また、植物誌（herbal）の領域でも目覚ましい発達が見られた。一五五一年にはウィリアム・ターナーのイギリスで初めての本格的な英語の植物誌、『新植物誌』が出版され、一五六八年には増補を加え、一、二、三巻にまとめられた。この本は、イギリスの植物学の祖とされるターナーがイギリスのみならず、イタリア、（低地）ドイツなどの諸国を訪れた際に、実地で調査した植物の記述にあふれ当時のヨーロッパの植物誌と比較しても遜色ない内容であった。一五七八年にはフランドルの世界的植物学者ドドネウスの『植物誌』（一五五三年）の仏訳からヘンリー・ライトが重訳した『新しい植物誌』が出版された。ターナーの植物誌も立派なものであったが、ライトの翻訳により大陸の最新の植物の知識がイギリスに導入されることとなり、イギリスの植物誌は一挙に大陸のレベルと同等となった。一五九七年にはかの有名なジョン・ジェラードの『植物誌』が出版された。こうした植物に関する知識は、ジョン・パーキンソンが一六二九年に著した『太陽の楽園』、さらに、一六四〇年出版になる『植物の劇場』となって結実した。

一五五九年には『エウオニムスの宝物』がピーター・モウイングにより、一五七六年には、ジョージ・ベイカーにより『新健康の秘宝』が翻訳されたが、どちらも当時ヨーロッパ大陸随一の博物学者であったコンラート・ゲスナーのラテン語の著書を英語に訳したものである。前者の原著は『エウオニムス・フィリアトゥリスの秘密療法の宝物』（一五五二年）で出版直後からヨーロッパ各地でなみなみならぬ成功をおさめたとされている。後者の原著は『エウオニムスの秘密療法の宝物（第二版）』（一五六九年）と思われるが、これはゲスナーの死後、未完成原稿が弟子の手によってまとめられたもので、これも前著にもまして反響があり、各国の言語に翻訳され、十八世紀に入るまで出版された（なお、エウオニムス・フィリアトゥリスとはゲスナーのペンネームである）。ここには植物の様々な蒸留法について詳しく述べられており、こうした方法により治療用、美顔術用、香水用等の種々の蒸留水が製造された。当時は私たちの想像以上に植物の香りが多方面に利用され

クララ・ポープ《シェイクスピアと彼の花々》
サー・ジョン・ソーン美術館（ロンドン）

ており、様々な文学書にその利用の様子をうかがい知ることができる。この点に関しては、熊井氏の『シェイクスピアの香り』や『シェイクスピアのハーブ』が詳しい。この時代の香りに関する基本的な知識への大いなる助けとなることであろう。

この章ではエリザベス朝を代表して主にシェイクスピアの花と花ことばについて簡単にご紹介したいが、彼は植物の知識でも群を抜いており、約百七十種類の植物（果樹やスパイス等も含む）を縦横に用いているので、ほんの数種類ではあるが主として『ハムレット』から選び、この時代の特色としてかいつまんで見てみることにしよう。

スミレ

レアーティーズ　ハムレットのかりそめの好意についてだが、
　当世風の流行りと、血気にまかせた戯れと思うのだ、
　青春の早咲きのスミレ花のようなものだ、
　先がけて咲くがすぐしぼみ、香りは良いが長持ちはしない。

その香りも人の心の慰めとなるのも束の間のこと、
それだけのことだ。
（一幕三場）

レアーティーズ　彼女を土に埋めるがいい、
彼女の美しく穢れない体からは
スミレが生え出すだろう！
（五幕一場）

始めの引用は、外国へと旅立つレアーティーズとそれを見送るオフィリアとが会話するくだりで、兄として妹にハムレットとのつき合い方に注意を与えているところである。つまり、ここではスミレは早春の象徴であり、同時に移ろいやすい青春、その恋愛感情を表現している。こうした考え方は当時は普通のことであったらしく、しばしば文学作品に現れているが、一例としてロバート・ヘリックの「スミレに」という詩を見てみることとしよう。彼は、春一番に花開き、その香りで人々を喜ばせるが、他の花が咲く頃になると、しぼんで目立たなくなるスミレの性質に言及し、次のように述べている。

そのように今は皆から関心を集めてはいるが
哀れな娘たちよ、お前たちは
地に横たわるのだ
やがて見捨てられて

スミレは極めて重層的な意味を持つ花である。ここにはあまりに早々と花を咲かせ、移ろいゆくことへの哀惜の情を見て取ることができるが、と同時に、死との連想が見られる。様々な学者によってスミレは婚礼や祝祭と共に、埋葬、葬儀との関連が言及されている。特に、白いスミレの場合は乙女の死との密接な連想が存在する。したがって、次の引用へと自然に連続しているようである。

第二のものは、水死したオフィリアを埋葬するシーンで、自殺の疑いがあるためあまりにも粗末な式次第となったことにレアーティーズが猛然と立腹して、なかばふて腐れて発せられる台詞である。純真で無垢なオフィリアの体からは（真白な）スミレが生え出すという連想は、神話からすればあまりにもありふれたものであろう。しかし、愛するたった一人の妹を失った兄ということを考慮すれば、失意のうちに気がふれて水死し、満足な埋葬の儀式をしてもらえない、哀れな彼女に対する悲痛な魂の叫びと言えるであろう。心の底からの希求であろう。実際、引用のように訳してはみたが、原文では「And from her fair and unpolluted flesh / May violets spring !」となっており、

「スミレよ生え出よ！」という意味合いで訳しているものもある。いずれが適切であろうか。

このイギリスのルネサンス期には香りが尊重されたと先に述べたが、花の香りに関して、野心ある政治家で当代随一の実証的科学者でもあったフランシス・ベーコンは大気に漂って一番香りが良いのは白の八重の（ニオイ）スミレで、次に良いのがマスク・ローズであると断言している。シェイクスピアもスミレの香りにたびたび言及している。その表現も素晴らしく美しい。『冬物語り』には「目立たぬスミレだが、／ジューノーのまぶたより、ビーナスの吐息のよりも／芳しい」とある。次のものはいかがであろうか、『十二夜』の冒頭の場面である。

音楽が恋の食べ物であるならば、さあ、続けて演じてくれ、
過剰に与えてくれ、それで、飽いてしまい、
うんざりして食欲も消えてしまうものならば。
あの調べをもう一度！　絶え入りそうな音色だった。
ああ、それは、スミレ咲く堤の上に吹きよせる
甘美なささやきのように私の耳をおそったのだ、
こっそりと忍びより香りを放ちながら！

ここは、イリリア公爵のオルシーノがオリヴィアへの恋情からかなり憂鬱の様子で、彼はその徒然を慰めようと音楽の演奏に聞き入っている場面である。ここではスミレの香りと幽かな、妙なる音色とがなぞらえられ微妙に混じりあっている。どちらがどちらとも区別できないほどである。

十五世紀イタリアの新プラトン主義の学者であったフィチーノは、人間（小宇宙）と大宇宙は音楽的調和の関係をもっており、霊（精気）を共通の媒体として音楽や香気などを通じて交流することが可能である、感応させることが可能であると考えていたものらしい。天界の惑星には固有の音色や音楽があると考えられていた。そこでは星や香りと音楽とが密接な関係を有していた。一五六九年にはアグリッパの『学芸の空しさと定りのなさについて』（一五三一年）が英訳されており、彼の最も重要とされる著作の『神秘哲学（三巻）』（一五三三年）は一六五一年には英訳されている。

シェイクスピアの時代よりは一世代ほど遅れるが、ケンブリッジ大学は当時新プラトン主義の研究が盛んで、ヨーロッパにもよく知れ渡っており、ヘンリー・モア、ラルフ・カドワース、ジョン・スミスなど著名な学者がいた。シェイクスピアの『ベニスの商人』の五幕一場の冒頭のシーンなどにはそうした思想の影響を垣間見ることができるのではないか。

座って、ジェシカ。ほら見てご覧、天が床のように
輝く金色の円盤でびっしりと敷きつめられている様子を。

お前が眼にするどんなに小さな天体だって
運行しながら天使のように歌うんだよ、
幼子の眼をしたケルビムたちに声をあわせてね。
不死の魂にもそんな妙なる調和があるんだが、
朽ち果てるのがならいのこの泥の衣に
いやしく身をまとっている限りは
私たちはその音を聞くことはできないんだ。

＊花ことば（意味・象徴）
（青花）誠実、愛
（紫花）早春、移ろいやすい愛、青年の愛
（白花）無垢、はにかみ

プリムローズ

サクラソウ科プリムラ属　*Primula vulgaris*

オフィリア　でも、よこしまな牧師様のするように
私には天国への険しいイバラの道を教えながら、
御自身は、のぼせて向こう見ずな放蕩者よろしく、
悦楽のプリムローズの道を歩むことなどございませんように。

（一幕三場）

ここはスミレで引用した一幕三場の場面のすぐ後の箇所で、オフィリアが兄からの忠告にやり返しているところ。プリムローズは通例、青春早期、少年時代から青年への移行期を象徴するようである。しかし、ここでは快楽との強い連想がある。この他には『マクベス』にもプリムローズは登場していて、ほぼ同じような意味合いで用いられている。マクベスによるダンカン王殺害のあった夜の数時間後、扉をたたく音に眠りをやぶられた門番は次のように独り言をつぶやく。「地獄の門番役はもうやめよう。わしは、永遠の業火へと続く、悦楽のプリムローズの道をすすむ、あらゆる生業の者達を入れてやろうとしたこともあったのだが」。このどちらの場合もプリムローズは快楽との関連が強調されている。しかも、ある程度この世のことを知った者ではなく、まだ純真さを残している若者の陥りやすい誘惑について言及しているもののようである。また、この花は淡い、緑

がかった黄色であり、しばしば死者の顔色を思い起こさせるようで、シェイクスピアには『シンベリン』に次のような用例があり、

悲しげなお前の墓を美しくしてやろう、おまえの顔のように
青白い花プリムローズが決して絶えることのないようにしよう
（四幕二場）

あるいは『ヘンリー六世』では、

私は泣いて眼が見えなくなり、呻いて気持ちが悪くなるでしょう、
血を吸い取るため息で、プリムローズのように青白くなるでしょう、
それもすべてあの高貴な公爵様が生きていて欲しいがため
（第二部三幕二場）

とあり、死との連想が非常に強い。他の作家にも同じような表現が見られるが、必ずしもそれは一般的なこの花の扱いではない。この花はイギリス人にとっては子供時代の思い出と深く関わってい

るようである。おそらく、クレアーの次の詩に共通の体験が語られているであろう。

春にはわたしは同じことをした
そしてデージーの最初の花を台なしにし
出会ったプリムローズごとに根こそぎにしたり
ときには植えようとその根を掘ったこともあった

また、シェイクスピアに続く世代の劇作家ボーモン&フレッチャーの次の言及が極めて普通の印象であったことであろう。

プリムローズ、春の最初の子ども、
陽気な春の先触れ

＊花ことば（意味・象徴）青春、若者の恋、快楽、死、子供時代、春の先触れ

バラ

オフィリア　ああ、何という気高い魂の破滅でしょう！
宮庭人の、兵士の、学者の、眼、剣、舌たるべき人だったのに。
この美しい国の希望、そしてまさしくバラ、
流行の鑑、そしてまさしく礼節の雛形、
見る人々すべての模範だったのに
まったく地に落ちてしまった。
『ハムレット』（三幕一場）

レアーティーズ　ああ、五月のバラ！
愛しい乙女、優しい妹、麗しいオフィリア！
『ハムレット』（四幕五場）

オベロン　さあ、それを私にくれ。
私は野生のタイムの花咲く堤を知っている、

そこには、オックスリップやうなずく様子のスミレが生え、
天蓋のように、甘美なスイカズラや芳しいマスク・ローズ、
エグランティンですっかり覆われているのだ。

『夏の夜の夢』（二幕一場）

オートカリス　ダマスク・ローズのように芳しい手袋

『冬物語り』（四幕四場）

最初の引用は、『ハムレット』の有名な、「To be, or not to be—that is the question」の第三独白の直後の場面で、父のポローニアスの指図に従い、オフィリアがハムレットを待ち受けて、逢って会話を交わすくだりである。彼女は今やハムレットの愛が冷めたと感じ、彼からもらった贈物を返そうとする。彼は彼女をはぐらかして、「私はお前を愛したことはない」とまで言ってしまう。ついには、彼は「尼寺へ行け！」と告げ、彼女には理解出来ない言葉をさらに続け、唐突に去ってしまう。その後ろ姿を見るようにして発せられたオフィリアの台詞が引用の箇所である。

二番目のものは父ポローニアスの死の知らせを聞いて、急遽、故国に戻ってきたレアーティーズをクローディアスが何とかなだめようとしているところに、気の狂ったオフィリアが現れ、しばし

哀れな狂態を演じ、それを眼にしたレアーティーズが悲嘆のあまり発する言葉である。ついこの前まで初々しく、美しかった妹と現在の姿との対比が五月のバラという言葉によって鮮やかに描かれている。いずれの場合も美しいものの代表で、花の精華としてのバラの特徴が表現されている。最も普通の、赤かピンクの蕾みか咲き始めの状態のバラを心に描くべきであろうか。これは極めて一般的な用例としてもよいであろうが、バラはここではどちらも狂気との対比として用いられている。気のふれた、哀れな状態とのコントラストを強調するためにバラが利用されている。もっとも、第二の引用のバラは「五月のバラ」ということから、ちょうどその頃に花を咲かせるシナモン・ローズ（Cinnamon rose）であると特定する説もあるのではあるが。

三番目のものは『夏の夜の夢』の一場面で、妖精の王オベロンの言葉である。部下のパックにheartsease（パンジーの野生種、後述）を手渡すように命じているところ。言及している場所は一般に「タイタニアの臥処《ふしど》」と呼ばれ、妻タイタニアのよく訪れ、眠るところとされている。そこは美しい、芳しい花々が咲き乱れる、夢幻的な様子に描かれている。

四番目のものは、『冬物語り』からで、オートカリスが歌いながら商品を声高に宣伝している場面。様々な商品の中の一つで、これはダマスク・ローズで香りをつけた手袋である。

エリザベス朝ではバラは特に好まれたようであるが、その美しさとともに香りの点から、マスク・ローズ（musk rose: *Rosa moschata*）とダマスク・ローズ（Damask rose: *Rosa Damascena*）が人気があったとされている。マスク・ローズはその名称からも推測されるように、麝香（musk）の香りに似ているとされたためそのように命名されたものである。これは北アフリカ、南ヨーロッパ、および西アジアにもともと分布していたが、イギリスにはヘンリー八世の時代に持ち込まれたもののようである。普通には白花であるとされている。

ダマスク・ローズについては、シェイクスピアには引用の他に、『恋の骨折り損』などでも言及されているが、単に、その色合いについて述べられるのみで、その芳香に関しては触れられていない。このダマスク・ローズはその名前からも推測されるように、ダマスカスの地に生えていたものとされ、十字軍により西暦一一〇〇年にフランスのプロバンスにもたらされた。そこから全ヨーロッパに広がったものであるが、ジェラードは著名な植物誌のなかでダマスク・ローズの一種で大型の花を持つものをプロバンス・ローズ（Province rose, Provence rose）と呼んでいる。かなり大柄な花を持ち、色は白か赤と白が混じった、薄い赤とされている。ジェラードはダマスク・ローズ（プロバンス・ローズ）は香りが良く、薬用、食用に適しているとしている。そういうこともあってか、ダマスク・ローズは昔からバラ香油（rose water）を採るのに利用されてきた。この花に関連して述べると、York-and-Lancaster Rose という紅白咲き分けの花を持つバラは、百年戦争を戦ったヨーク家とランカスター家との和睦から生じたと言い伝えられ、ダマスク・ローズの一変種とされている。

バラは古来、愛の花とされ、様々の文献にもその意味で現れているが、中世期には先に見たように、キリストの受難、殉教や神の愛の象徴とされたり、聖母マリアそのもののエンブレムとされたりした。ようやくエリザベス朝に至って古のこの世の愛の象徴へと戻ったようである。

＊花ことば（意味・象徴）

（バラ）精華、美人、愛
（マスク・ローズ）気まぐれ美人
（ダマスク・ローズ）美しい血色

マンドレーク

ナス科マンドラゴラ属　*Mandragora officinarum*（*Atropa mandragora*）

ジュリエット　聞けば生命ある者が気が狂うという
土から引き裂かれたマンドレークのような叫び声で……

『ロミオとジュリエット』（四幕三場）

イアーゴ　ヒナゲシもマンドラゴラも
眠りを誘う世界のあらゆる水薬も
昨日までお前が味わった
あの甘い眠りを与えることはないであろう。

『オセロ』（三幕三場）

始めの引用は、『ロミオとジュリエット』の四幕で、ローレンス修道僧から、飲めばまるで死んだように眠るという薬をもらったジュリエットが、その薬を前にためらっている様子である。それを飲んで誰もいない墓のなかで目覚めた時の恐怖を色々想像している場面。マンドレークと恐怖が密接にからんでいる。二番目の引用は『オセロ』からで、イアーゴがオセロに対し復讐を誓っている場面。これは睡眠作用があるとされたこの植物の作用に言及したもの。

マンドレークは、マンダラゲ（曼陀羅華）、マンドラゴラ、コイナスビ（恋ナスビ）とも呼ばれる。地中海、小アジア原産とされる。ヘブライ語ではドゥダイム（dudaim）、ギリシア語ではマンドラゴラス（mandragoras）でディオスコリデスの『薬物誌』にかなり詳しい記載がある。英語の

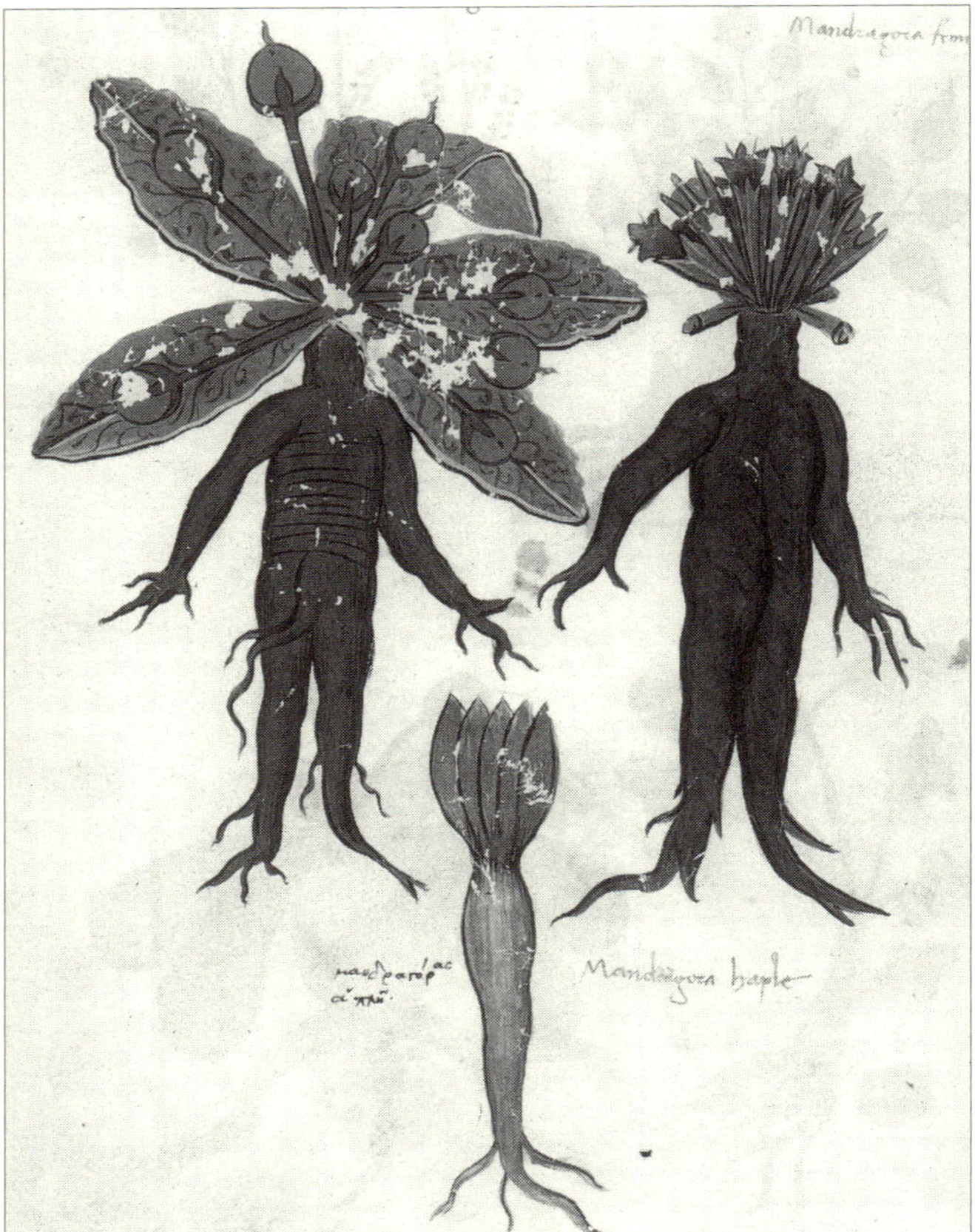

マンドレーク（ディオスコリデスの写本より）
1406-30年頃　バチカン教皇図書館

聖書では mandrake として記述されている。これには、紫色か、緑色がかった花が咲き、形、大きさもジャガイモの花に似た花をつける。球形の黄色がかった、スモモほどの大きさの液果をつけるとされる。先の、ディオスコリデスの『薬物誌』にも睡眠作用、麻酔作用への言及があるが、地中の根の形が人間の形態に似ているため様々な憶説を生じてきた。古来この植物にはまがまがしい伝説が付きまとっている。プリニウスの『博物誌』には、始めは臭いをかがないように「風上に顔を向け、三回剣で円陣を書き、その後、西に顔を向けながら掘るべし」と掘るに際しての作法を伝えている。また、ヨセフスにも同じような記述が見られ、中世を通じて、この植物は引き抜かれる時にうめき声を上げて、それを聞いたものは気が狂い、さらには死に至るとされていたため、この根を掘るにはこれにヒモをつけて犬に結び、遠くからパンで誘って犬を呼ばねばならないとか、うめき声を聞いた犬も死ぬなどとされた。さらに、この植物は絞首台の下に生え、受刑者の体液で育つという空恐ろしい迷信もあった。

また、この植物は媚薬としての作用があるとも思われていた。ヨーロッパ諸語では「愛のリンゴ」と呼ばれており、英語では love apple と呼ばれる。聖書の創世記の記述では、四番目の子供を生んでから胎が閉じたとされ、しばらくヤコブの寵愛を失っていたレアが息子のルベンが見つけたマンドレーク（恋ナスビ）を用いて彼の愛を得て、五番目の子供を生むことができたとされている。こうした記述はこの植物の媚薬的な作用について触れたものと思われる。アラビア人はこれには情慾をかき立てる力があると考えたため、これを「悪魔のリンゴ」と呼んだとのこと。そのため、淫乱の象徴ともされたという。

十六—十七世紀イギリスの詩人ジョン・ダンの有名な『唄』の度胆を抜くような表現は、これらの迷信を有効に利用している、

さあ、行って流星をつかまえてこい、
マンドレークの根を孕ませてみろ
過去のすべての年月がどこにあるか教えてくれ、
さもなくば、誰が悪魔のひずめを割いたのかを。
人魚の歌を聞くすべを俺に教えてくれ、
さもなくば、恨みのとげを避けるすべを。
そして、見つけてみろ
どんな風が吹いたら
正直者が出世するかそのすべを。

＊花ことば（意味・象徴） 恐怖、深い眠り、媚薬

ローズマリー、パンジー、フェンネル、オダマキ、ヘンルーダ、デージー、スミレ

オフィリア　ほらここにローズマリーがあるわ、これは思い出のため……お願い、あなた、覚えておいてね。そしてここにパンジーが、これは、もの思えとのしるしよ。

レアーティーズ　狂気の中にも教えがあるとは。もの思いと追憶とは何とふさわしいことか。

オフィリア　あなたにはフェンネルとオダマキを。あなたにはヘンルーダを。そして、私にもヘンルーダをいくつか。これは日曜日の恵み草と呼んでもいいでしょう。でも、あなたは私とは違った意味でこれを身につけなくてはいけないわ。ここにはデージーが。あなたにはスミレをあげたかったのに、みんな枯れてしまったの。お父様が死んだ時にね。みんなは立派な最後だったって言っているけど。

『ハムレット』（四幕五場）

ここはレアーティーズが「ああ、五月のバラ……うるわしいオフィリア！」と叫んでから直後の場面で、再び登場したオフィリアがそこに居合わせた人々に花を手渡す有名な一コマ。シェイクスピアの花や植物が話題になるのが数多い中でも、このオフィリアが花を渡すシーンほど印象的なものはないであろう。また、シェイクスピアの花の扱いの見事さがこの場面に存分に描かれているようにも思える。

この花の受け取り手に関しては、最近のテキストではその解釈が多様になりなかなか一定ではないのであるが、主としてエドワード・ダウデンのテキスト（一八九九年）にしたがって二十年ほど前まではほぼ安定的に認められた説があり、一通りそれをなぞってみることとしよう。

それによれば、ローズマリーは「思い出のため」、パンジーは「もの思えとのしるしよ」とあることから、それらの意味を込めて兄のレアーティーズに手渡されると考えられていた。したがって、兄に死んだ父のこと、あるいは、これから死んでしまうオフィリアのことを忘れないように、よくよく今までの経過を深く考えてくれるようにと最後の頼みをしていると解釈される。あるいは、前後の様子から、オフィリアは兄のレアーティーズとハムレットとを誤解して考えている節があり、その意味で、これから死にゆく自分のことをいつまでも忘れることなく、思ってくれるようにと解釈することも出来そうである。

また、フェンネルとオダマキは、それぞれ「媚び、へつらい」と「浮気」の意味を込め、クローディアスに手渡されることとなっていた。それは、先王ハムレットが存命中は媚び、へつらっていながら、王位簒奪の機会をうかがい、玉座を手に入れるや、王妃を自らの妻としたクローディアスへの非難を意味するものであろう。

さて、ヘンルーダは原文では rue であり、「悔恨」と「悲しみ、悲痛」の異なる象徴がある。これは、前者の意味で王妃のガートルードに手渡され、後者の意味でオフィリア自身の手に残されると解釈されている。また、当時これには herb (of) grace, herb of repentance などの別称があり、それぞれ「(神の) 恩寵の草」、「悔恨の草」の意味をも示すため、さらにこのことは明瞭になる。前者の意味ではオフィリアには適切ではあるが、不倫をしているガートルードには不都合となる。後者の意味では今まで犯した罪を悔いるガートルードにふさわしいものとなる。したがって、同じ花でも、異なる意味合いを持つことになり、それぞれの意味を込めて手渡されねばならない。

最後に、デージーは無垢な「処女性」の象徴としてオフィリア自身の手に、枯れたスミレは「忠誠」を象徴し、父ポローニアスの死後、忠節を誓う臣下のいなくなった今、誰にも手渡すことはできず、彼女自身の手に残されると解釈されていた。

こうした解釈は必ずしも不変のものではない。テキストの編者や学者により幾分か考え方には変異があり、若干、受取手が異なる場合があったが、一通り説明した内様でほぼ安定した状態が続いていた。しかし、ハロルド・ジェンキンズのテキスト（一九八二年）以来、フェンネル以下の植物の受け取り手には大きな変更が加えられ、いまだ安定した、説得力のある説は提示されていないように思われる。ジェンキンズの説は当時の花ことばや象徴性について詳しく再検討したものでそれなりに新解釈として成立する点もあるが、一般的に認められるにはもう少し時間がかかるのではないか。ここではこれまでのオーソドックスな解釈に主として基づき、植物にまつわる故事や象徴性を今一度簡単に確認することとしよう。

ローズマリー

シソ科ロスマリヌス属　*Rosmarinus officinalis*

ローズマリーは、和名ではマンネンロウ（迷迭香）またはマンルソウという名称を持つ。地中海沿岸地方原産のシソ科の芳香性のある植物で、記憶や思い出といった象徴性が古くから認められる。古代ギリシアの学生は、勉学の時、髪にその小枝をさして、記憶力の増強をはかったとされている。そのためか、結婚式や葬式にも用いられたが、結婚式には愛と忠誠の象徴としてであり、葬式には故人を偲び、永く忘れないようにとの意味を込めてであった。ローズマリーは常緑で、枝を切られた後も、永くその濃い緑と芳香を保ち続ける性質があり、それがそもそもの根拠となっているのであろう。これは記憶力に効果があるとされたばかりではなく、脳や神経、さらに視力回復にも効果があるとして、古くから貴重な薬草とされてきた。これを用いたものにハンガリー・ウォーターという有名な薬があり、神経性の麻痺全般に著効ありとされた。また、この植物には殺菌、空気浄化の作用が認められ、疫病よけの効果があるとされたり、よく焚きものにもされた。さらに、これは聖なる木とされ、悪霊を払い、悪夢などを退けるとして、魔よけや厄よけにも大いに利用されてきた。

＊花ことば（意味・象徴） 貞節、忠誠、変わらぬ愛、献身、思い出、記憶

パンジー

スミレ科スミレ属　*Viola tricolor*

パンジーにはよく知られたこの名称の他に異称が多く、数十は下らない。シェイクスピアには hearts-ease（心の慰めの意）や love in idleness（つれづれの恋の意）という名称でも登場してい

るが、これらは特にパンジーの野生種について用いられるものという。前者の名の由来は、この花の汁を用いると恋人に愛されるようになるとか、心の苦しみを取り除くとか、癲癇、喘息の他、多くの病気に効くが、特に強心作用があって心臓に良いと考えられていたためであると伝えられている。後者は「つれづれの恋」と訳されるが、徒然を慰めるための愛なのか、無為の、漫然と推移する愛なのか定かではない。また、この花の古名の一つに Herba Trinitatis（三位一体の草、の意）というものがある。花の色が三色であることからキリスト教の、神と子（キリスト）と聖霊との関係になぞらえての命名であるが、敬虔なキリスト教徒のなかにはこの名称が不謹慎であるとして眉をひそめる向きもあったと伝えられている。さて、pansy については、pawnce（スペンサーによる）とも paunse（ジョンソンによる）とも綴られ、いずれもフランス語の pencée に由来するもの。まさしく、「もの思い」である。

＊花ことば（意味・象徴） もの思い、私を忘れないで、つれづれの恋

フェンネル

セリ科ウイキョウ属　*Foeniculum vulgare*

フェンネルはウイキョウ（茴香）という和名がある。これはセリ科の植物で、地中海沿岸から小アジアが原産とされていて、人間が用いた最も古い作物の一つと考えられている。ギリシアでは「成功」のシンボルとされていた。ローマでは若茎が食用にされ、プリニウスの『博物誌』では視力を増強したり、白内障に効果があるとされている。古くからその種子が薬用に利用されていたが、中世では抗魔術的な効力があるとされていた。その目的では特にオトギリソウ（St. John's Wort）と一緒に用いられたようである。このハーブには特有の芳香があり、エリザベス朝では撒き草《ストゥルーイングハーブ》としても大いに利用された。一方、フェンネルはかなり古くから「媚び、へつらい」を象徴するものとされており、この箇所はその意味で解釈するのが一般的とされてきた。シスルトン‐ダイアーなどはシェイクスピアの他の用例等から、これを情欲の象徴としたり、先に触れた眼を清める作用に言及しているという説を紹介している。これに従えば、この行為には、皮肉をこめて、「情慾に曇らされているその眼を清めなさい」ほどの意味を込めて手渡されると解釈できようか。

＊花ことば（意味・象徴）　媚び、へつらい、（眼の）浄化

オダマキ

オダマキの中世のキリスト教にまつわる象徴性についてはすでに簡単になぞってきたが、俗世の象徴はこれとはかなり異なっている。中世では下向きに咲いたオダマキの花弁を鳩の姿に見立てていたが、その一方で、古くから世俗一般ではこれは角《つの》に似ているとみなされ、イギリスでは十五世紀頃からは浮気の象徴ともなっていた。これは妻が寝取られた夫の額には角が生えるという俗説によったものである。同時代のフランスでも同じように解釈されていたという指摘もある。したがって、引用のオダマキはその意味でオフィリアからクローディアスに手渡されるものと長い間考えられてきた。しかし、他にも、エリザベス朝の詩人ウィリアム・ブラウンの『イギリスの田園詩』の次の例を見ると、

独りさまよう者がオダマキを身につけてから、
これは捨てられた恋人のものとされている

失恋、見捨てられた恋を象徴している。また、ジョージ・チャップマンの『皆愚か者』という作品

に現われる次の夫婦の会話の用例から、

あれは何、オダマキ?
いや、あの恩知らずな花は私の庭にはふさわしくない。
ふん、でもわたしの庭にはふさわしいのかも

ジェンキンズはオダマキを「恩知らず」という意味に解釈している。さらに、これが美しい花であることから、スペンサーの、「彼女の首筋は一房のオダマキのよう……」という例に見られるように恋人の優美な首の表現にも用いられている。こうした様々な用例や象徴性からオフィリアが手渡したと思われる人物を推定することは興味そそられる問題ではあるが、かなり骨の折れる作業である。いずれの説が最も適切で、諸々の矛盾を解決しているのであろうか。

＊花ことば(意味・象徴) 浮気、失恋、恩知らず

ヘンルーダ

ミカン科ヘンルーダ属　*Ruta graveolens*

ヘンルーダは漢名を「芸香」と言い、南ヨーロッパが原産とされている。学名の *Ruta* はヘンルーダを意味するラテン語からで、種小名の *graveolens* は「強烈な臭い」の意味を表わし、この植物独特の臭いに言及している。しかし、昔からこの臭いには空気浄化、悪疫防止の作用があるとされた。また、牧師がヘンルーダを用いて聖水を振りまくなど、この植物はキリスト教やその儀式とも深く関わっていて、魔術に対しても効果ありとされていた。さらに、古来この植物は数えきれないほどの効能を有する万能薬（panacea）とされ、あらゆる毒の解毒剤に用いられた。とりわけ、これをフェンネルと併用すると視力回復には著効があるとされた。先にも触れたが、英語には同音、同じスペリングで「後悔（する）」を意味する別の言葉があり、これがこの植物の象徴性に密接に関係している。

＊花ことば（意味・象徴） 悔恨、悔悟、神の恵み、恩寵、（空気）浄化、解毒、視力回復

デージー

デージーが幼きキリストの象徴であり、その無実さ、無垢であることの象徴でもあることについてはすでに述べたが、当時、この花には「欺瞞」の意味もあったようである。ロバート・グリーンの『成り上がりの宮廷人に与える警句』のなかで、「それらの次に、偽りのデージーが生えており、惚れっぽい娘っ子達に、多情な独身の若者のする甘い約束をいちいち信じたりせず、甘い香りには苦い後悔がつきものであることを警告していた」とされていることから、デージーには「欺瞞」の意味があるとされた。『ハムレット』のこの箇所はそのように解釈される場合もあった。

しかし、デージーはやはり圧倒的に素朴な花、デリケートな花という捉え方が支配的であろう。特に、シェイクスピアにおいては純真な者や善良で有徳な者と死との関係が指摘できよう。『ハムレット』にはさらにもう一度、オフィリアの死に関連して触れられているし、『シンベリン』の中ではポスツェマスと思い違いされている死体に関して次のように述べられている、

あの少年は我々に男らしい義務を教えてくれた、さあ、
デージーが一番きれいに咲いている所を探し出し

鎗や鉾で彼に墓を掘ってやろうではないか。
さあ、彼を抱えてくれ。

（四幕二場）

＊花ことば（意味・象徴） 無垢、処女性、欺瞞、（純真、有徳な者の）死

スミレ

このシーンでは枯れたスミレはポローニアスの死との関連で解釈されるのが普通である。度々繰り返してきたように、この花には死との連想が強くある。その象徴性に従えば、すべて枯れたために実際に与えることはできないが、その相手がクローディアスに向けられたと想定した場合には、国家に忠節を尽くしながらも惨殺され、そそくさと葬られた父のことをある種のほろ苦い気憶とともに思い起こさせることになろうか。また、レアーティーズと想定した場合には惨めな死に方をした父のことを思い出させ、心ならずもハムレットへの復讐を思い立たせることになろうか。

しかしながら、人々の眼を喜ばせ、早春に花開かせては、人知れず去ってゆくその性質からして、

この花はオフィリア自身にこそ最もふさわしいのではないか。かつては「五月のバラ」と呼ばれた彼女ではあったが、愛していたハムレットには裏切られ、兄は遠く離れ、父は惨殺され、気が狂うより手立てのなかったオフィリア、その姿は、有名なゲーテの詩「スミレ」で描かれている花にその像が重なるように思えてならない。そこでは性の立場が逆転してはいるけれども、若きゲーテは自らの切ない恋心を愛する者に憧れつつも踏みつけられる運命のスミレに託して述べたのであった。

うら若い乙女が死んだ場合には白い花で飾られのが普通とされていた。白いスミレは彼女にふさわしのではないか。レアーティーズが後の埋葬の場面で、「彼女の美しく穢れない体からは／スミレが生え出すだろう」と叫んでいるのはすでに確認してきた。彼の脳裏にあったその花は白いスミレなのではなかろうか。スミレ本来の素朴な意味は愛であった。彼女の愛が枯渇したことを象徴しているのであろうか。むしろ、枯れたスミレは発狂し、死にかけている彼女の生命を象徴しているのではないか。彼女の死を予感させ、その死が間近に迫っていることを暗示しているのではなかろうか。

＊花ことば（意味・象徴） 忠節、愛

（白花）乙女の死

ヤナギ、センノウ、イラクサ、デージー、ラン

小川にヤナギの木がななめにかかり、鏡のような流れに
その白い葉裏を映しているところがあります。
そこでオフィリアは風変わりな花輪をつくったのです、
センノウ、イラクサ、デージーや、野卑な羊飼いたちが
いやらしい名前をつけ、身のかたい娘たちは
死人の指と呼ぶランの花で。

（四幕七場）

ここは謎の多いオフィリアの死について、ハムレットの母、ガートルードがまるでさっき現場で目撃してきたかのように告げている場面である。オフィリアは「風変わりな花輪」をヤナギの枝にかけようとして川に落ち水死したとされている。

ここにも様々な問題が隠されている。ここで、センノウ、イラクサ、ランとして訳されている植物の同定は未だ決定されてはいないし、彼女の死は果たして自殺であったのか、事故死であったのかの重要な問題も解決されてはいない。

ジョン・エヴァレット・ミレイ《オフィリア》(部分)
1851-52年　テート・ギャラリー(ロンドン)

諸事情からここでこれらの問題に深く立ち入ることは出来ないが、ごく簡単に個々の植物の花ことばや象徴性を通してその問題性を考察することとしよう。

ヤナギ

Salix 属の総称

ヤナギについては、おおよそのことは聖書の章で述べたので、ここではエリザベス朝での花ことばに的を絞ることとする。この時代はヤナギは恋人に捨てられた者が身につけるものとしてしばしば文学作品に現われている。例えば、シェイクスピアの『ベニスの商人』でも、

こんな夜は、
ディドーは手にヤナギを持って、荒涼とした
浜辺に立ち、カルタゴに戻るようにと
恋人に呼びかけたものだ
（五幕一場）

と描写されており、アエネアスに捨てられた彼女の悲しみを表現するに用いられている。ディドーは燃え盛る火に身を投じ、文字どおり、身を焦がしつつ死んだとされている。また『オセロ』でも、自らに死の迫るのを感じ取ったものか、デズデモーナは母の小間使いのこととして、恋人に見捨てられた彼女が古い「ヤナギ」の唄を歌いながら死んだと述べる。当然なことに、「ヤナギ」の唄は哀切を帯びた調子となっており、彼女の死の予兆としては極めて効果的である。ジョン・ウエブスターの『白い悪魔』には、「年老いた私には悲しみのヤナギは返してくれるな」という表現がある。これは恋文のなかの一節で、「悲しみのヤナギを返す」とは、「つれない返事をする」という意味で用いられていることは明瞭である。現在でも英語には、wear the willow（失恋する）という表現が残っている。これにはまた、死んだ恋人を悼む、という意味もあり、死との連想が存在する。したがって、オフィリアが川辺にまで彷徨い、ヤナギの木を眼にするというのは自然なことではあるが、彼女を取り巻いている状況から判断すると絶妙な植物の用い方と言えよう。

＊花ことば（意味・象徴） 失恋、捨てられ軽んぜられた恋

センノウ

ナデシコ科センノウ属　*Lychnis flos-cuculi*

ここで一応センノウと訳しているが、原文の Crowflower については同定が難しい。学者からはキンポウゲの仲間の buttercup（*Ranuculus* 属）も有力な候補に挙げられているが、ここでは最も一般的な解釈に従っている。*Lychnis flos-cuculi* は英語では Ragged Robin と呼ばれる、湿地に生える非常に美しい花である。実際に見た限りでは、可憐な花で、花の切れ込みの具合は多少異なるが、全体の様子はカワラナデシコにもよく似ている。熊井氏は日本の植物ではエンビセンノウ（*Lychnis wilfordi*）が一番似ているとしている。学名の種小名からも推測されるように、これはカッコウが鳴く頃に花を咲かせるのであろう。これは当時、Crowflower の他に Wilde Williams とも呼ばれたらしく、ジェラードは全部で四種類の名前を示している。綺麗であるためよく花束にもされたようである。パーキンソンの植物誌『太陽の楽園』では、この植物には、Fair maid of May（五月の美しい娘の意）という通称があったことが知られており、当時、その美しさのために人々から愛され、親しまれていたことがうかがわれる。

＊花ことば（意味・象徴）　ウィット、五月の美しい娘

イラクサ

イラクサ科イラクサ属　*Urtica dioica*

イラクサには葉や茎に刺があり、刺されると猛烈に痛い。属名の *Urtica* は「燃える」を意味するラテン語の uro からで、刺されると火傷したように痛むことからの命名のようである。このように刺す種類は stinging nettle と呼ばれるが、日本のオドリコソウに非常によく似ている White dead-nettle や Red dead-nettle、また、ホトケノザに非常によく似ている Henbit dead-nettle などの刺さない種類も同じく nettle と呼ばれた。現代ではまったく異なる種類に分類されているが、似たような所に生え、葉の様子などが似通っていることから当時は同じ種類と考えられた結果である。もっとも、こちらには「刺す力のない」という意味の dead という形容詞がついてはいるが。

引用の箇所の nettle は普通には刺す種類であるイラクサと解釈するのが一般的であるが、オドリコソウ（dead-nettle）の種類と考える学者もわずかながら見られる。それは、オフィリアが花輪をこしらえたとしていることから見た目も美しいオドリコソウを用いた可能性があると考えてのことである。しかし、テキストでは「風変わりな花輪（fantastic garlands）」となっているためイラクサの方がより適切と考える意見が大勢をしめている。ここでは自然の否定的側面が強調されていると解釈するのが無難かもしれない。しかし、イラクサは先にも述べたように刺されると猛烈に痛いため、果たして狂気のオフィリアといえども敢えてこの植物を摘もうとするであろうかという一抹の疑問は残る。

＊花ことば（意味・象徴） 残酷さ、中傷、（自然からの）危害、悪意

デージー

（131頁参照）

ラン

ラン科ハクサンチドリ属　*Orchis mascula, O. maculata*

このランの同定も問題がある。原文のテキストには、このランを表すのに long purples と dead men's fingers の二つの名称が記されているが、前者は花穂が長い紫色であることを示しており、後者はその根の色、形状が死人の指のようであることを示しているというのが定説である。これらの古称は現在も方言に残っているが、様々の植物を表わすため、非常に混乱している。また、イギリスのランの仲間でこの二つの条件を満たすものが見当たらないため、学者は様々に頭を悩ましてき

た。おおよそは、これを early purple orchid（*Orchis mascula*）（主として、O.E.D. とオックスフォード版テキストはこの解釈）とする説とグリーヴのように heath spotted orchid（*O. maculata*、別名 *Dactylorhiza maculata*）とするのが主流である。他にも、これを green-winged orchd（*O. morio*）とする説がある。グリッグソンは early purple orchid に同定しているが、まったく別種のオカトラノオの仲間にも触れている。グリンドンも同定は early purple orchid（O. *mascula*）で問題はないとしながらも、これを lords-and-ladies つまり cuckoo-pint（*Arum maculatum*）とする説などを紹介している。いずれにしても非常に綺麗な目立つ花であることは確かで、花ことばもその事実を示している。

＊花ことば（意味・象徴） 美人、死人の指、死

『ハムレット』のある注釈本によれば、ここでセンノウと訳した植物の英語名、Crowflower（*Lychnis flos-cuculi*）にはすでに触れたように古い名称に Fair maid of May（五月の美しい娘の意）というのがあり、イラクサ（nettle）はもちろん人をひどく刺すものであり、死の象徴ともされた。

デージーは乙女の象徴であり、ここでランと訳したlongpurpleの別名は本文ではdead men's fingersと書かれており、「死人の指」という意味であるので、したがって、ここの花々の表象するものは、「美しい娘は手酷い目にあわされ、乙女の真盛りに冷たい死に捕らえられた」という解釈が成立するという。

ここで先ほど述べたヤナギの花ことばを思い起こしていただきたい。その花ことばの一つは「捨てられた愛」であった。ヤナギは花輪には入れられていないが、このくだりの始めに現われ全体の状況を説明している。つまり、この花束はハムレットに捨てられた乙女、オフィリアのせつない失恋の思いを花で綴ったものなのだ。さらに言えば、オフィリアが世をはかなんで入水しようとする意志を伝えようとしたのかもしれない。これはまさしく花ことばそのものである……後で触れる、十八世紀フランスやビクトリア朝の完成された形式ではないにしても。素朴な表現ではあるが、発想そのものが花ことばを志向している。ここから花ことばの成立まではほんのもう一息である。

Ⅱ

近代の花ことば

一、近代的な花ことばの発生——トルコから伝えられたセラムとは？

　第一部では、各時代の花ことばを概観してきたが、正確に言えば、これは「花ことば」というより花の持つ意味や象徴というべきものであった。つまり、これまで我々が扱ってきた花ことばは、「花ことば」の体系として独立して何らかの意志や意図を伝えようとするものではなかった。それぞれの文化や伝統という文脈《コンテキスト》のなかで個々の花や木が持つばらばらの意味や象徴であった。もっとも、最後に検証したシェイクスピアの例では、その「ことば」への萌芽が見られたのではあるが。これから述べようとする近代的な「花ことば」は、その性格を大きく異にするものである。

　始めに、以下の「花ことば」の記述の内容の多くはビヴァリー・シートンの『花ことばの歴史』によっていること、この著書自体はそれほど読みやすいものではなく、構成的にも幾分煩雑な面もあり、わかりやすいようにここでは大幅に原著の順序、内容を変容させ、かなり自由な引用となっていることを申し添えたい。詳しく花ことばの発生、その成立過程、発展等についてお知りになりたい方へは、是非シートンの著書を一読することをお勧めする。

さて、一般的にはヨーロッパの「花ことば」の起原は、当時のトルコ大使の妻であったモンタギュ夫人のコンスタンチノープルからの次の書簡に始まるとされている。つまり、トルコ流の恋文について尋ねられた彼女は、一七一八年三月十六日に友人に向けて、真珠、クローブ、黄水仙、紙、洋梨、石鹸、石炭、バラ、コショウなど入れた小箱を送り、「……この意味は文字どおり次のようなものです。始めに、あなたが袋から取り出すべきものは小さな真珠で、これはトルコ語では igni と呼ばれ、次のように理解さるべきものです」として、おおよそ以下のような対照の説明文を記載した手紙を送っている。

真　珠	若い人のなかでもっとも美しい方よ
クローブ	あなたはクローブのようにほっそりしている あなたは未だ咲き初めぬバラ わたしはあなたをずっと愛してきました、しかし、 あなたはそれを知りませんでした。
黄水仙	わたしのこの思いを憐れんでください
紙	わたしは一時間ごとに気が遠くなりそうです
洋　梨	わたしにいくらか希望を与えてください

石　鹸　わたしは恋のため病気になりました
石　炭　わたしが死んで、わたしのすべての時があなたの
　　　　ものと一緒になれますように！
バ　ラ　あなたが喜んでくださるように、そしてあなたの
　　　　悲しみのすべてがわたしのものであったなら……
コショウ　わたしに返事をください

さらに彼女は、「いかなる色、花、雑草、果実、ハーブ、小石ないし羽毛でも、それに関連する詩句が附随していないものなどはなく、あなたの指をインクで汚すことなく、口論したり、非難したり、情愛や、友情の、ないし儀礼的な内容の手紙や、さらに、ニュースまでも送ることが出来るのです」と締めくくっている。以上の部分は、ほぼニコレット・スコース著、『ビクトリア朝の人々と花』（一九八三年）、及び、レスリー・ゴードン著『緑の魔術』（一九七七年）などを参考にしたが、もともとはモンタギュ夫人の死後一年して発行された書簡集『トルコ大使の手紙』（一七六三年）に記載されているものである。

さて、これがいわゆるセラム（Selam）と呼ばれるものであるが、この彼女の記述が後に様々な誤解とトラブルを引き起こすこととなる。また、彼女の同時代人で、トルコに亡命中であったスウ

エーデン王シャルル十二世の宮廷に同伴していたオーブリ・ドゥ・ラ・モトレなる人物も『モトレ氏の航海記』(一七二七年)のなかで、「果物、花、金や銀の糸、あるいは、様々な色の絹……はそれぞれがトルコ語のある詩によって説明される特殊な意味を持っており、若い娘たちは互いに伝統に従いそれを学ぶのである」と伝え、ほぼ同じ内容でセラムをフランスに紹介したとされてはいるのであるが、ともにセラムが「花ことば」そのものという印象を人々に与えたようである。

問題はこのセラムは一般に誤解されているように、「花ことば」そのものではなく、そのことばと同じ韻を踏む他のことばを暗示するための表現方法とされていることである。いささか込み入ってはいるが、このセラムがいかなるものであるかほんの少しだけ解説を試みることとしよう。シートンの伝える説明によれば、例えば、洋梨を提示した場合、これはトルコのことばで**armoude**であるが、これと同じ韻をふむ**omoude**(希望)ということばを思い起こさせることとなり、さらに、このことばにまつわる慣用的な表現である、「私にいくらか希望を与えてくださいい(vir bana bir omoude)」を連想させることになる、といったものらしい。同様に、ジャック・グーディ著になる『花の文化史』(一九九三年)が伝える例では、最初に取り出した真珠(ingi)は次の文の最後のことばと韻を踏んで次のような詩句を思い起こさせるものとしている。

Ingi, Sensin Uzellerin gingi

真珠、若い人のなかでもっとも美しい方よ

したがって、セラムは厳密に言えば、西洋流の「花ことば」ではないが、ことばの代わりに愛のことばを発想させるという点では大きな影響を与えたということ、つまり、いわゆる「花ことば」は東洋の求愛の仕方にその発生のきっかけを与えられたものと、シートンは解釈しているようである。つまり、ヨーロッパではセラムに用いられる品物のなかから花だけを選びだし、様々な文化的な連想から生じた恋愛に関わる意味をそれらの花に込める作業がなされたことになる。なお、セラムが「花ことば」ではないということに関しては、『オリエントの宝庫』（一八〇九―一一年）を著したドイツの植物研究家、また、旅行家で東洋学者でもあったヨーゼフ・ハマー‐プルグシュタールの精力的で精緻なエッセーをシートンは紹介している。

二、センチメンタルな花の本――十九世紀を中心として

このように東洋からもたらされた恋愛の伝達方法が知れわたった十八世紀の終わりにかけて、ヨーロッパ各地で暦（almanac）と年鑑（annual）が流行したとされているが、これらは単なる、暦、

年鑑ではなく、自然やロマンスについてたぶんに文学的な記載があるもので、詩や版画の挿し絵が所々に配されて、かなり装飾的なカバーがかけられていたものらしい。本来、主となるべきカレンダーは本の後ろのページにのり付けされていた。これらには次第に植物の記述や花ことばが多く記載されるようになり、年末や新年のプレゼントに利用されたという。これらの暦や年鑑の起原は年刊の形式の詩集である一七六五年創刊のフランスの『ミューズの暦』(Almanach des muses)、また、一七七〇年創刊のドイツの『ミューズの暦』(Musenalmanach)などにさかのぼるとされている。こうした暦や年鑑で特に有名なものとしては、フランスのいわゆる『マロの暦』と呼ばれる、『花の詩集』や『チューリップ物語』、『薔薇物語』といったものがある。マロの年鑑はかなり小型で、彩色された図版があり、年ごとに表紙の色を変えていた。イギリスの英語の年鑑には花の名を付けられた『勿忘草《わすれなぐさ》』があり、これは一八二三年の創刊である。アメリカでは一八二六年創刊の『ザ・アトランティック・スーヴニール』、一八二八年創刊の『ザ・トークン』などがある。ある資料によれば「一八四六年から一八五二年にかけて毎年平均して六十種類が世に出ていた」ものというが、南北戦争が始まる頃には年鑑のブームは去っていた模様である。こうした「花ことば」の流行は当時進行していた大衆化と深く結びついていた。当初、花ことばの流行は、サロンの内部で手書きの花ことばのリストが回し読みされるなど、上流階級にのみ見られた現象であるが、それが限定的に出版されるようになり、十八世紀末に向かうにつれて、中流階級へと、さらに世紀を越えてからは労働者階級へと出版の普及と並行して大幅に広がり、十九世紀初頭には上記の暦や年鑑とともに、安価な花ことばの本が流布したとされている。こうした当時流行した本にはフランスでは『夢判断』、『花ことば』、『恋人たちの相談相手』、『御婦人たちの神託』といったものがあり、よく知られていたようである。

このような、花ことばをちりばめた暦や年鑑、詩集、また「花ことば」の本などを総称してシートンは「センチメンタルな花の本」としているが、これは十九世紀を中心とする花に関係する広範なジャンルの本を示す用語である。この「センチメンタルな花の本」とはいかなるものか、これだけでも一冊の分量を必要とする内容があるが、以下に簡単にかいつまんで説明することにしよう。

まず、こうした本の基本的なテーマについてであるが、それは圧倒的に恋愛に関わることであった。詩集や「花ことば」についてはもちろん、暦や年鑑にも恋愛にまつわる詩や花ことばが多く記載されていた。また、これらの本は取り分けて女性を対象としたものであり、シートンのことばによれば「上品な性（genteel sex）」に向けられたものである。彼女はヨーロッパの文化のなかでは女性は常に自然と同一視される傾向にあったとしている。女性はしばしば、姿、形が小さく、精神も肉体ももろい存在としてみなされ、植物、特に、花にたとえられる場合が多かったようである。これにはさらに女性は貞淑な妻、純潔の乙女であり、彼女たちは自然溢れる田舎に住むという図式が存在していたし、逆に言えば、悪女は都会に住むという図式もあったと指摘している。

さらに、後で詳しく述べる植物学の隆盛がこの「センチメンタルな花の本」の流行と密接な関連を持っていると思われる。始めは上流階級の男性にのみ知られていた植物学も次第に女性にも浸透し、十九世紀が進むにつれて、主に中産階級の女性を中心に一種の嗜みとして普及したものという。こうした女性向けの植物に関連した本のジャンルは多様で分量も膨大であるが、その一端を示せば、まず植物学の案内書、聖書に登場する植物の同定に関するもの、聖地の植物相に関するものなどがあり、『聖書の庭園散歩』（一八三一年）やマリア・キャルコット著になる『聖書の植物誌』（一八四二年）などが有名であった。ギリシア・ローマの古典の植物に関するものがあり、ヨーハン・ディエルバッハ著『神話のフローラ』（一八三三年）やデュ・モーランが著した『古代詩のフローラ』（一八五六年）などが知られている。次に、シェイクスピアの作品の植物に関するものがあるが、この分野ではヘンリー・エラコムの『シェイクスピアの植物伝承と園芸術』（一八七八年）やレオ・グリンドンの『シェイクスピアのフローラ』（一八八三年）などがよく知られている。作家にまつわるものとしては他に、ミルトンやテニソン、バーンズのものなどがある。次に十九世紀末にかけてブームとなったのは、植物の民俗学に関するもので、民俗学（folklore）、伝説（legend）、神話（mythology）、歴史物（history）などといった題名を持つ本が数多く発行されたらしく、この現象は三カ国に共通していた。時代的にはかなり早めではあるが、ステファニ・ドゥ・ジャンリによる『植物学の歴史と文学』（一八一〇年）が著名で、これはフランスのみならずイギリスでも高い評価を受けたものという。他にも、アンジェロ・ドゥ・グベルナティスが著した『植物の神話』（一八七八年）があり、これは二部構成で出版され、第一部は花輪などについてのエッセイ、第二部は植物名のアルファベット順にそれぞれの植物にまつわる伝説を詳しく述べたものとされている。グベルナティスはイタリア人でフィレンツェにある高等教育研究所のサンスクリットの教授であったが、著書はフランス語で書かれている。イギリスのものではシスルトン‐ダイアーの『植物のフォークロア』（一八八九年）が知られている。ウィリアム・ブラックの『民間療法』（一八八三年）なども あるが、これは病気、色、太陽と月などにまつわる世界の民間伝承をまとめたもので、記述の内容などからするとフレイザーの著書の形式に極めて似ているという印象である。また、ヒルデリック・フレンド著『花と花の伝承』（一八八三年）やリチャード・フォルカードの『植物の伝承、伝説そして抒情詩』（一八八四年）などが人気があったようである。前者は序文の前に幾分長めの文献書目があったにもかかわらず、大きな評判を得たとされる。広範にわたる文化のなかから花にまつわる伝承が引用されているが、多くは東洋からのものであるという。かなりの量の花を扱っており、具体的な花の名前や地方名、俗名などの記載の他にも紋章学や花ことばの説明もあり、妖精、悪魔、英雄、聖者、神々、聖母マリアなどについても触れているようだ。彼はこのなかで、集めた花ことばに様々な考察を加えているとされる。後者は、花だけではなく、植物を集めており、それをアルファベット順に配している。フォルカードはグベルナティスに多くの影響を受けているようである。彼はこの本を、当時オックスフォード大学のサンスクリットの教授であったマックス・ミューラーに捧げている。イギリスにおいて、特にこの領域で貢献した人物には、ヘンリー・フィリップス（一七七五―一八三八年）やアン・プラット（一八〇六―九三年）、それにロバート・タイアス（一八一一―七九年）などが知られているが、これら三者については後に詳しく述べることにしよう。

センチメンタルな花と詩を盛り込んだ本の人気は一八三〇―五〇年代にピークに達したようであるが、九〇年代の終わりとなっても未だ長らえて、当時、著名な挿絵画家であったウォルター・クレーンによる『古代イギリス庭園の花の幻想』（一八九九年）が出版された。これは詩も絵も彼によるものであった。彼の『シェイクスピアの庭の花々』は一九〇五年に出版されている。

三、花ことばとは何か――本によって異なる理由

それでは、私たちが先に見てきた（木や花や葉などを含む）植物が暗示したり、喚起する一般的な象徴や意味とは異なる近代的な「花ことば」とは何であろうか。どのような特徴があり、どのようにして、何時生じたものであろうか。シートンは所々で様々な定義の仕方をしているため、彼女

が真に意味していたものは何なのか一筋縄では捉えることができない。例えば、あるところでは彼女は花ことばを、「ほとんどが恋愛ごとの行為にからむ、花の名前とその関連する意味のリスト」と定義している。このリストはしばしば辞書（dictionary）とか語彙集（vocabulary）と呼ばれる場合もあったが、花と花ことばの対照表のことである。これは花ことばが用いられる文脈《コンテキスト》のほとんどが恋愛に関係してしていることからであろうが、定義としてはやや不十分であり、後にいくばくかの補足説明が必要であろう。これに関連して、「ビクトリア朝の花ことばは、愛のことばであった」という見解も述べられている。これは中世の花の宗教的象徴性と比べるとビクトリア朝では恋愛の要素が極めて大きいという意味においてであろう。また、「花ことばの紹介を通じて、これを私はある消費者現象のひとつとして、何か現実の生活とは薄弱なつながりしかもたないものとしてその性質を強調してきた」という意見もしばしば見られる。彼女にはこれを大衆化と結びつける言説も見られ、現実世界とあまり直接的な関係を持たない大衆化社会の一現象としてのアプローチをしている。彼女はさらに、「花ことばは、その最終的安らぎの場所を十九世紀に非常に人気のあったセンチメンタルな花の本の広範なカテゴリーの中に見い出したのであった」という見解も示しており、「花ことば」は当時一世を風靡したセンチメンタルな本というジャンルの一形態との捉え方が提示されている。直前に触れた「センチメンタルな花の本」の簡単な説明と照らし合わせてみれば読者は納得されるであろうか。

それでは先で様々に定義された「花ことば」はどのような特徴を持ち、どのように機能するのだろうか。以下にその概要を述べよう。シートンによれば象徴の方法として、暗喩《メタファー》（比較の言葉を用いずに、そのものの特徴を直接言いあらわすたとえ方）によるもの、換喩《メトニミー》（一つのものの名前がある連想によって、他のものの代わりに用いられる比喩）によるものがあるとしている。前者には、色、香り、形態、成長の癖、生育地が、後者には、古典の伝説、主要な象徴性を有する花（ユリ、バラ、スミレ等）、食料、薬草、植物の名称、逸話、文学上の引用などがある。簡単に、それらの具体例を見てゆくこととしよう。まず、暗喩《メタファー》の例から始めよう。

色には様々な象徴性があり、シートンは極めて一般的な例を次のように示している。

赤　愛、情熱（受難）、恥辱（羞恥）

黄　不信、その他の好ましくない性質

緑　希望

青　高揚した霊的特質（天上の色）

紫　権力、王位

白　純粋さ、無邪気さ、一途さ

黒　死、悲しみ、哀悼

これらの色とそれが人の心のなかに引き起こす印象や感情には、絶対的ではないがかなり普遍的なものがあろう。黄色など若干の例を除けば、西洋、東洋を問わずこの表は広く、容易に受け入れられるのではないかと思われる。

これらの色についてはよく知られている花に適用されている個々の場合を見るとわかりやすい。例えば、バラはそれぞれの色によって花ことばが異なる。（濃い）赤いバラは、「美人」、「愛」、「恥辱（羞恥）」などの感情を、白いバラは、「恋を知らない心」、「私はあなたにふさわしい」といった花ことばを有している。黄色いバラは、「嫉妬」や「愛の衰退」などを象徴する。スミレは、青花は「忠誠」や「愛」を、紫は、「あなたのことで私の心は一杯です」を、白いものは「無邪気さ」「慎み」などを象徴するとされる。冬にも瑞々しい緑の色を失わないヒイラギの花ことばは「希望」である。黒に関してはことさら触れる必要もないであろう。

しかし、香りに関しては文化的な違いが大きいようである。一般的に、ヨーロッパでは匂いが重要視されてきたように考えられているが、日本はあまり花の香りを貴しとはしていなかったのではなかろうか。これは日本人が匂いに敏感でないとか、無感覚というのではなく、濃密な花の匂いにあまり重きを置かなかったという意味でである。日本人は伝統的に微かな香りを愛でてきた。蘭や梅の香りなどがその適例であろうか。日本には香道という微妙な香りの違いを楽しむ独特の文化があり、匂いに敏感でないはずはないが、花の匂い、特にそれが強いものの場合は敬遠してきたきらいがある。ユリの花の文学上の扱いなどをここで思い出すべきであろう。ところが、ヨーロッパでは、バラはその形や色の美しさとともに香りが大いに称揚されてきた経緯があるし、スミレもそのけなげな美しさとともに香りが重要な要素であった。また、ダリアのように美しくても香りがない場合は、その花ことばの「気まぐれ」、「ことば数は多くとも心のこもらない」などに見られるように、肯定的な評価がされることはあまりないとされている。逆に、その芳香のせいであろう、淡い白色の目立たない花をつけるモクセイソウ（ニオイレセダ）は、「あなたの性質はあなたの魅力にまさる」が花ことばとなっており、香りの良い花は高い評価がされる場合が多いようである。

形態や成長の際の癖、特徴としては、例えば、キジムシロは雨が降ると、なかの花を包み込むように葉が被うことから、「母親の愛情」ないし「大切にされた娘」などの花ことばが生じた。また、オレンジの木の花ことばは、「寛大さ、気前の良さ」であるが、これは花を咲かせている間にも実をつけることから生まれたものらしい。生育地が花ことばに影響を与えた例としては、「病気」、「捨てられた」という花ことばを持つアネモネを挙げることができよう。アネモネは風を意味するギリシア語に由来する名称で、この花が風の吹きさらす場所を好んで住まいとするが、寒い風に当ると色があせて、弱々しい様子をしているところから、これらの花ことばが生まれたのであろう。

換喩《メトニミー》としての例である、古典の伝説、逸話、文学上の引用、主要な象徴性を有する花（ユリ、バラ、スミレ）などは、ギリシア・ローマ神話に由来する花ことばのほとんどに当てはまるようである。バラはその誕生の時からアフロディテ（ビーナス）との関連が深く、美、愛情、恋愛といった連想がある。ヒアシンスの花ことばは「遊戯、遊び」であるが、これはヒアキントスが円盤で遊んでいる時に、その死に遭い、その血からヒアシンスの花が生じたためである。スイセンの場合はもっと明瞭かもしれない。どんなに愛されてもその愛を返すことのなかったナルキッソスから生まれたスイセンの花ことばは「エゴイズム、自己愛」である。

食料、薬草の例としては、コムギやセイヨウカノコソウ（*Valeriana officinalis*）およびハナサフラン（*Crocus sativus*）を挙げることができよう。コムギの花ことばは「繁栄、富み」である。セイヨウカノコソウには「善良な気質」というものがあるが、これはおそらく、この薬草の著名な鎮静効果から生じたものであろう。サフランは古来、適量用いれば人を陽気に、快活にするが、多量に用いれば狂喜させ、ついには死に至らしめることが知られており、花ことばは「度をこさぬように御用心」となっている。

名称から生じた例としては、ヨモギの仲間で、かつてはニガヨモギと呼ばれた *Artemisia absinthium* がある。この花ことばは「不在（absence）」であるが、おそらくは、フランス語のアプサント（ニガヨモギ）とアプサンス（不在の意、形容詞の場合はニガヨモギと同じ音）というその音が類似しているところから生じたものであろう。よく知られた例としては、パンジーの「追憶」、

「あなたのことで私の思いは一杯」があるが、これらの花ことばは、フランス語のパンジーを示すパンセ（pensée）ということばが、思考や思想、物思いを示すことばとまったく同じであることから生じたものであることはすでに述べた。

キンセンカ（マリーゴールド）の場合もよく似ている。この花ことばは「苦痛」、「悲しみ」などとされていて、広く認められているが、これはこの花に当るフランス語の souci が、「心配」、「気苦労」などを意味することばで同じ綴り、同じ音であったことから生じたもの。この花ことばはそのままイギリスに伝えられそこに定着した。ワスレナグサの「思い出」、「私を忘れないで」もよく知られた例であろう。この場合は、花も花ことばも同じ意味を示す各国のことばに翻訳されて花の名前とされていて、英語では forget-me-not、フランス語では ne-m'oubliez-pas、ドイツ語では vergiss-mein-nicht となっている。

しかしながら、こうした花ことばにはかなり恣意的な思い入れにその起原を有するものがある。例えば、英語では mugwort、フランス語では armoise と呼ばれるヤマヨモギないしオウシュウヨモギ（*Artemisia vulgaris*）の花ことばは「幸せ」であるが、これは近代的な花ことばの創始者とも呼べるラトゥールに由来し、常にこの植物が楽しかった彼女の子供時代と結びついていたためであった。彼女の優しかった家庭教師がよく聖ヨハネの日の前夜にこの花の花輪を作ってくれ、優しいことばをかけてくれたからであった。つまりは、この植物が常に彼女を守ってくれたからでもある。

こうして、フランスで定着したこの花ことばはイギリスやアメリカにも伝わり、各々の地に根付くこととなったのである。このように、著書や著者により、また、国や時代により花ことばは変化している。シートンの表から一部抜粋したものであるが、次頁に示したいくつかの花ことばの対照表を比較して戴きたい、大きく異なる場合があることが確認できよう。

ある花や植物にこうして生じた花ことばは異常と思えるほどに細分化、区別化される場合がある。手許にある、ビクトリア朝中期の典型的な花ことば集と思われる、『フローラの紋章《エンブレム》のアルファベット』(一八五八年)を見てみると、二、三種類の花ことばを持つものは数多いが、ユリには五種類、ジャスミンには六種類、ピンク(ナデシコの仲間)には八種類ほどが記載されているし、ざっと眼を通しただけでもバラに関しては、その種類や色や開花の状態か蕾みの状態かなどの違いにより、三十以上の花ことばが挙げられている。

このように、著者や著書により花ことばが様々に変化する場合はその意味の一元化をはかることが困難で、結果的に混乱を生じることとなった。また、バラの場合のように同じ花に三十以上もの「ことば」がある場合は、細やかな意味の差異を示すことばが可能となると同時に煩瑣《はんさ》にもなり、一般に簡単に利用することが困難となる。こうした事情から私たちの想像以上に、花ことばが実際に利用される場合は少なかったとシートンは考えているようである。

植物名	ラトゥール（仏、1819年）	デラシェネ（仏、1810年）	ショーベル（英、1834年）	フィリップス（英、1825年）	ヴァート（米、1829年）
ハス (Lotus)	雄弁	----	雄弁	沈黙	疎遠になった愛
アサガオ (Morning glory)	あだっぽさ	あだっぽさ	----	夜ないし消えた希望	おせっかい屋
イラクサ (Nettle)	残酷さ	しらふ	残酷さ	残酷さ	中傷
オーク (Oak)	もてなし	愛国心ないし強さ、保護	もてなし	もてなし	勇気
パンジー (Pansy)	----	私はあなたと同じ気持ちです	私のことを思って下さい	物思い／私の心はあなたのことで一杯です	----
パセリ (Parsley)	ご馳走	----	祝宴	ご馳走ないし宴会	有益な知識
ザクロ (Pomegranate)	愚行	完璧な友情	----	愚かさ、ないし素朴さの成熟と終焉	----
サクラソウ (Primrose)	青春初期	希望、最初の花	子供時代	青年早期	----
バラ (Rose)	美しさ	移ろいやすい美しさ	愛	美しさ	美しさ
ローズマリー (Rosemary)	あなたがいると生き生きします	信仰	あなたがいると生き生きします	信頼	思い出
イチゴ (Strawberry)	完璧な善意	芳香	完全性	完璧な善	----
ビジョナデシコ (Sweet William)	敏感さ	才能	品のよさ	たくらみ	品のよさ
イバラ (Thistle)	厳しさ	批評	不機嫌さ	懇願、侵入	人間嫌い
バーベナ (Verbena)	魔力	冗談	魔力	迷信	感受性
シダレヤナギ (Weeping willow)	憂鬱	辛い悲しみ	嘆き	憂鬱、ないし捨てられた恋人	捨てられた

◆花ことば対照表（各々の作者については本文を参照のこと）

植物名	ラトゥール（仏、1819年）	デラシェネ（仏、1810年）	ショーベル（英、1834年）	フィリップス（英、1825年）	ヴァート（米、1829年）
アカシア (Acacia)	プラトニックな愛	神秘	友情	貞節な愛	上品さ
アーモンド (Almond)	不注意	不謹慎	不思慮	不注意	希望
アロエ (Aloe)	悲しみ	植物学	悲嘆	深い悲しみ、苦悩	宗教的迷信
アマリリス (Amaryllis)	不死	男たらし	誇り	誇り	素晴らしい美しさ
バジル (Basil)	憎しみ	勇気	嫌悪	憎しみ	祝福
ブナ (Beech)	繁栄	反逆	繁栄	豪壮	----
バターカップ (Buttercup)	忘恩	善意	忘恩	子供っぽさ、忘恩	富
スイセン (Daffodil)	----	----	自己愛	欺きに満ちた希望	騎士道
タンポポ (Dandelion)	神託	あなたは時間を無駄にしている	田舎の神託	神託	あだっぽさ
アマ (Flax)	私はあなたの美質を感じます	素朴さ	私はあなたの親切を感じます	運命	----
ジギタリス (Foxglove)	健全さ	----	----	青春	願い
タチアオイ (Hollyhock)	豊穣	家族の母	先見の明	先見の明	私は忘れられたの？
スイカズラ (Honeysuckle)	愛のしがらみ	愛のしがらみ	気前の良い献身的な愛情	愛の絆	急いで応えたくありません
ヒアシンス (Hyacinth)	ゲーム、善意	愛、後悔／あなたの愛は私に死を与える	ゲーム、遊び	遊びないしゲーム	嫉妬
リラ (Lailac)	愛の始めの感情	愛の始めの感情	愛の始めの感情	捨てられた	愛の始めの感情

さて、これまで近代的「花ことば」のそもそもの起原、定義、特徴等についてかいつまんで説明してきたが、漠然となりとも「花ことば」の概念をつかんでいただけたであろうか。これからはシートンが取り上げているフランス、イギリス、アメリカの各国に見られた「花ことば」の起原、発展、衰退について具体的にのぞいてみることとしよう。

四、フランス――花ことばの名著登場

シートンは、当然のことにラトゥールの『花ことば』(一八一九年)がフランスの「花ことば」の成立に最大の貢献をしたことを認めてはいるが、彼女はラトゥールに先立ち、花ことばに関して重要な著作がいくつか見られとしており、そのなかでも次の四冊を特に取り上げている。年代順に述べると、デラシェネ著の『花のアルファベット』(一八一〇年)、著者がデル――としかわからない『花占い』(一八一七年)、また、モレヴォが記した『花々』(一八一八年)、そして、アレクシス・ルコ著になる『花の紋章《エンブレム》』(一八一九年)である。最後のルコのものはラトゥールの作品と同年であるが十カ月程先行して出版されている。ラトゥールについて述べる前に、ここでそれぞれの著書について、順に簡単に紹介することとしよう。

始めに、デラシェネの著作についてであるが、彼は先述のセラムが花やブーケからのみなる花ことばを示すものと考えていた節がある。彼はいくつかの花ことばのリストから適宜選んで、自分の花ことば集のようなもの作成している。また、様々な花を用いた複雑な表現方法をも考え出し、特に、それを刺繍などの装飾に利用したとされる。デラシェネによる、花のイニシャルを用いてアルファベットを作成するようなアイデアについてもシートンは触れているが、あまり成功したとは言えないようである。例えば、リラ（lilas）の花はその第二の母音を利用して、長母音のaの音を表現するものとし、このようにして、花の名前とアルファベットの基礎となる音との関連について説明し、さらに、昆虫はアクセントの印とし、パンジーは句読点に利用する方法についても紹介している。しかしながら、この方法は非常に難解で面倒臭く、ほとんど利用されることはなかったようである。

『花占い』（一八一七年）は暦の形式でルイ・ジャネ（社）によって出版されたもの。これには花占い用に非常に簡単な花ことばのリストがついているという。

モレヴォの『花々』（一八一八年）は詩集のなかに幾分長めの花ことばのリストが付いているとされている。これにはラトゥールの作品と同じように、パンクラス・ベッサの挿し絵が描かれいるというが、彼は、当時、植物画家として著名であったルドゥテの弟子であった。

タイトルページの記述から、法律の学生と目されるルコによって著された『花の紋章《エンブレム》』（一八一

◆フランスで刊行された花ことばの本（主なものを出版年順に掲載）

著者または出版社	書名（出版年）
デラシェネ B. Delachenay	花のアルファベット（1810） Abecedaire de Flore ou langage des fleurs
ルイ・ジャネ社 Louis Janet	花占い（1817） Oracles de Flore
デル —— C.F.P.Del-----	花占い（1817） Oracles de Flore
モレヴォ C.L. Mollevaut	花々（1818） Les fleurs
ルコ Alexis Lucot	花の紋章《エンブレム》（1819） Emblemes de Flore
ラトゥール Charlotte de Latour	**花ことば（1819）** Le langage de fleurs
シャムベ Charles-Joseph Chambet	花の紋章《エンブレム》（1825） Embleme des fleurs (sic)
ルヌボー Louise Leneveux	花の象徴の新マニュアル（1837） Nouveau manuel des fleursemblematiques
フルーリ・シェヴァン社 Fleury Chevant	フローラのアルファベット（1837頃） Alphabet-Flore
フルーリ・シェヴァン社 Fleury Chevant	花の王冠（1837） La couronne de Flore
エメ-マルタン（出版地ベルギー） Louis Aime-Martin	新しい花ことば（1839） Nouveau langage des fleurs
ジャックマール Albert Jacquemart	御婦人方の花々（1841） Flores des dames
メッシール J. Messire	教訓的花ことば（1845） Le langage moral des fleurs)
ドロール（グランヴィル画） Taxile Delord（J.-J. Grandville）	花の幻想（1847） Les fleurs animees
ザッコン Pierre Zaccone	新しい花ことば（1855） Nouveau langage des fleurs

九年）はかなりの意欲作のようである。そのことは彼の著作を真似ようとする者はすべて訴えてやる、との挑発的な言辞が最初の部分に見られることからも推測されよう。後に詳しく述べる、近代的な花ことばの確立に多大の貢献をした者とされるラトゥールに彼は強い影響を与えたようである。彼女は数多くの意味や象徴をルコから借用しているだけでなく、記述の内容においても極めて類似している例が見られるようである。ただ、シートンによれば、全体としてラトゥールに比して彼の場合は記述が簡潔で、恋愛的要素は少ないとされている。

さて、いよいよ近代的意味での「花ことば」に最大の貢献をしたとされ、その創始者とも目されるラトゥールについて述べる時となった。このラトゥールはペンネームとされており、彼（女）はいかなる人物であるのか、まず、興味深いこの問題についてごく簡単に触れたい。結論から言えば、いまだに解答は出されていないようであるが、シートンの調査によれば、可能性のある人物は、エメ-マルタンおよびコルタムベールであろうとしている。

ルイーズ・コルタムベールは、著名なフランス-アメリカのジャーナリストで、一八六四年から没する一八八一年まで『フランス系アメリカ人へのメッセンジャー』誌の編集長を務めた人物であるルイ・コルタムベールおよび、その兄弟でこれも著名な地理学者であったユージーンの母とされる人のようである。アメリカ在住のルイーズの現存する子孫は彼女が『花ことば』（一八一九年）

の著者であったという事実を否定しているようであるが、様々の状況から判断して、シートンは彼女がこの著者である可能性を示唆している。

エメ-マルタンがこの著者であることの可能性について、彼女は否定的である。彼には『ソフィーへの手紙』(一八一四年)という著作、および、『新しい花ことば』(一八三九年)などが知られているが、後者はベルギーで出版されたもので、おそらくは、彼自身ではなく、彼の名を騙る者の作品であろうとされている。なお、ベルギーでは彼の名を騙る著書が多数あるということである。

それではシャルロット・ドゥ・ラトゥールの『花ことば』(一八一九年)について始めることとしよう。この初版の出版は十二月となっているためクリスマス、新年の贈物用に意図されたものではないかと推測されている。この本の当時の人気には驚くべきものがあり、フランス本国でも最終的に十八版を重ねたとされている。この出版の年の前後は、十八世紀末に始まったフランス革命後の混乱に乗じて登場したナポレオンが、始めこそヨーロッパ各地で勝利を得たが、ロシア侵略に失敗してからは没落の歩みを始め、ついには彼がセントヘレナ島に送られた頃のことである。パリは戦乱の跡が生々しく、荒廃も甚だしかったのではないか。人々は欺瞞、恐怖、殺戮といったことに疲れはてていたのではないだろうか。

この本の冒頭でラトゥールは次のように述べている、「世間の軽はずみな遊びには眼もくれず、植物の研究に没頭する以外の楽しみを知らない若い娘は何と幸せなことか。素朴で飾らず、彼女は

Le Langage

DES FLEURS,

Par Madame

Charlotte de Latour.

Te voilà préservée de tous malheurs.

Paris,

Audot, Libraire, Rue des Maçons Sorbonne N.° 11.

ラトゥール『花ことば』(1819年)の扉頁

原野にもっと感動的な装身具を求める。春が来る度に新たな楽しみがもたらされ、朝が来る度に憂いは喜びで報われる。庭は彼女にとって尽きることのない教えと幸せの源である」。こうした箇所や次の第一章の出だしなどを読むと、戦乱と政争の渦となったパリから田舎へと逃れ、美しい自然のなかに安らぎを見い出し、ほっと安堵のため息をつく若い女性の姿を想像してしまう。

こうしたうわべの華美、作為や虚飾を厭う筆者の態度はさらに徹底されることとなる。序文に続く第一章では、「芝草」がテーマとなり、その花ことばは「有益性」とされている。都会の快楽に疲れ、しばしかつての乳母のいる田舎に逃れた筆者が、村の夜ごとの集会に顔をだし、亜麻糸を紡いだり、柳でかごを編んだり、チーズの型作りの手伝をする場面が描かれている。この集会は乳母が村の若い娘を生徒にして様々の暮らしの技を伝授するためのものであった。あるそうした夜なべの折に、何が一番有益な植物と思われるか各自の考えを述べることが乳母から提案された。それぞれが自らの知識と経験から、ブドウ、リンゴ、コムギなどの有益性を述べるなかに、控えめな村娘のエリーゼはおずおずと野原の（芝）草が人にとって一番有益ではないかと説く。草は人が播かず、刈らずとも自ずから生え、野の鳥はその実を食し、家畜はそれを食料としながら乳を生み出している。ある賢者のことばとして「最も有益なものは最もありふれたものである」と彼女は伝えている。そしてその章は、かくもささやかな草にかくも偉大な恩恵を与えている神の摂理への賛美とともに終わる。

どうも序章と第一章がこの著書全体のトーンを決定しているようである。確かに、あくまでも愛をテーマとして全編が描かれてはいるが、地味で素朴、控えめな表現が全体を支配している。世間、社会を象徴する男性に対し、女性は自然そのものと、特に、花と同一視されている。か弱く、心も体もデリケートで、その美しさが移ろいやすいものとして。

とはいえ、心情的にまとめ上げてしまう前にこの著書の全体の説明をする必要があろう。引用した「序文」の冒頭の部分に続き、プリニウスの「花はそれをもたらす木自体の喜びの表現である」ということばが紹介されている。彼女は、この喜びは純粋で清らかな愛によるものであり、これはプラトンのいう神に由来する霊感に他ならないとしている。また、こうした神々しい情念の表現は神々しいものでなければならないし、人が巧みな「花ことば」を考案したのはこの霊感をさらに美しく飾るためであったと語っている。

次いで、麗しい中世騎士の時代の恋愛やゴシック時代の本などでの花ことばや花の象徴の使用例を示した後、場所はアジアへと移り、「中国の人々は植物やその根からすべて創り上げられたアルファベットを持っていた。私たちはいまだにエジプトの岩の上にかの地の人々が異国の植物で表現した古代の征服の事例を読み取ることができる。したがって、このことばは世界と同じくらい古いものであるが、これは決して古びることはない。何故なら、春が来る度にそれらのことばは新たにされるからである。しかし、そうこうしている間に、私たちの放縦なる風習がそのことばを後宮の慰みごとのなかに追放してしまったのだ」として、花ことばがハーレムに閉じ込められてしまった現実を嘆いている。これは先に見てきたセラムに関して触れたものであろう。さらに、何ものにも制限されることもなく生きている私たちの時代にあっては自由は残酷な敵であり、愛は気ままで無謀なものとなり、自発的な捧げものを軽蔑し、難渋する愛の征服のみを価値あるものとする事態となるに至った。そういう状況のなかで、愛されるための秘けつは女性にあっては自らを守る秘けつでもあり、女性が細心で慎重、高雅であればあるほど敬意を受けるにふさわしい存在となると教えている。さらに、マンテノン婦人のことばとして、「真実の愛は策略も打算も知らないものです。その無垢なることが力を与えるのです。これだけが聖なる結びつきを、幸福なる結婚を用意するものなのです。それなくしてはすべてがもの憂さのなかで消滅してしまうのです」という信念をも伝えている。次いで、人は愛を知ることが必要で、しかもそれは都会においてではいけない、田舎でなくてはならない、というのも、「愛がそのすべての力を得るのは花々のただなか、田舎においてなのです。真の情熱に燃える心がその創造主にまで高められるのはそこにおいてなのです……」という見解の後で、「私たちが花ことばのいくつかの音節を集めたのは、取り分けて、愛を知り、世間の喧噪を遠く離れ、田舎に住む人たちのためなのです」という結論が導かれている。ここに明確に女性は自然のなか、つまり、田舎に居るべきで、また、貞淑であるべきとの図式が見られる。

最後に簡単な花ことばの規則（regele）が述べられている。右側に提示された一本の花はある思いを表現していること、その花を逆にすると反対の意味となること、例えば、刺のついた、葉のあるバラの蕾は、「私は恐れていますが、希望を持っています」を意味するが、もしその同じものを逆さにして差し出せば、「恐れる必要もなければ、希望を持つこともない」という意味となるとされている。また、刺を抜いてある場合は、「希望があります」、葉をむしっている場合は、「恐れなければいけない」ということになるという。

また、キンセンカ（souci）を頭の上の方にかざせば「心が苦しいのです」という意味となり、心臓の上にかざせば「恋愛に苦しんでいます」という意味で、胸の上にかざせば「憂鬱」を意味すると彼女は説明している。

さらに、「私」という一人称は、花を右側に傾けることで、「あなた」という二人称は左側に傾けることで示されることとなる。以上が「序文」で語られている簡単な規則の内容である。

さて、次に本文の説明に移ろう。記述の形式はまず春に始まる四季の区別があり、月ごとに順番に植物を紹介している。始めは四月となっている。「芝草」（Gazon）の後は、「しだれ柳」（Saule de Babylone）で、花ことばは「憂鬱」、「マロニエ」（Marronier D'Inde）の花ことばは「奢侈」、「リラ」（Lilas）花ことば、「愛の初めの感情」という風に続いていて、花とその花ことばが扱われ、その花に関するエピソードが手短かに語られている。ざっと数えても全体で二百七十を下らない花々とその花ことばが記載されている。

各月のお決まりの扱いの他に、所々で特別な記載が見られる。例えば、夏の六月では、「バラの葉」、「バラの花輪」、「バラに関する哲学」などバラに関する記述で溢れているし、冬の一月では「色のことば」が扱われており、男性と女性の服装の風俗についてのコメントがあり、帽子から、手袋、帯び、上衣、スリッパ、マントに至るまで用いるべき色とその意味が述べられている。

著書の最後に様々な索引、リストが始まる直前のページに見開きで、左にはパルニの騎士の作になるとの一遍の詩があり、右にはその詩の大意をほぼ忠実に花で翻訳した絵が描かれ、花の下に伝えんとする花ことばで綴った短文が書かれている。ここにその極めて美しい挿絵を掲載し（本書カバー裏のカラー図版も参照）、ラトゥールの伝える花ことばを用いる際の実例を紹介しようと思う。

一行目には、赤いカーネーション、スイートピー、ヤマヨモギ、ヘリオトロープの花々が並んでいて、それぞれの花の下に対応するように、その意味は「愛することは喜び、幸せであり、我々を夢中にさせる」と書かれてある。二行目には、逆さにした赤いカーネーション、逆さにしたウマゴヤシ、コムギの穂、ヤマアイの花々があり、おおよそ「愛さないことは、もはや生きることではなく、（次の悲しい事実を）かち得ること」、三行目には、イチイ、ヒヨドリジョウゴ（イヌホオズキ）、シロスミレ、ウシノシタグサが並び、「つまり、あどけなさは虚構であり」、最後の行には、テンニンカ、アカンサス、ヤマヨモギ、ヒナゲシの花々が並んでいて、「愛は手練手管であり、幸福は幻であるという悲しい事実を」の意味であると書かれている。

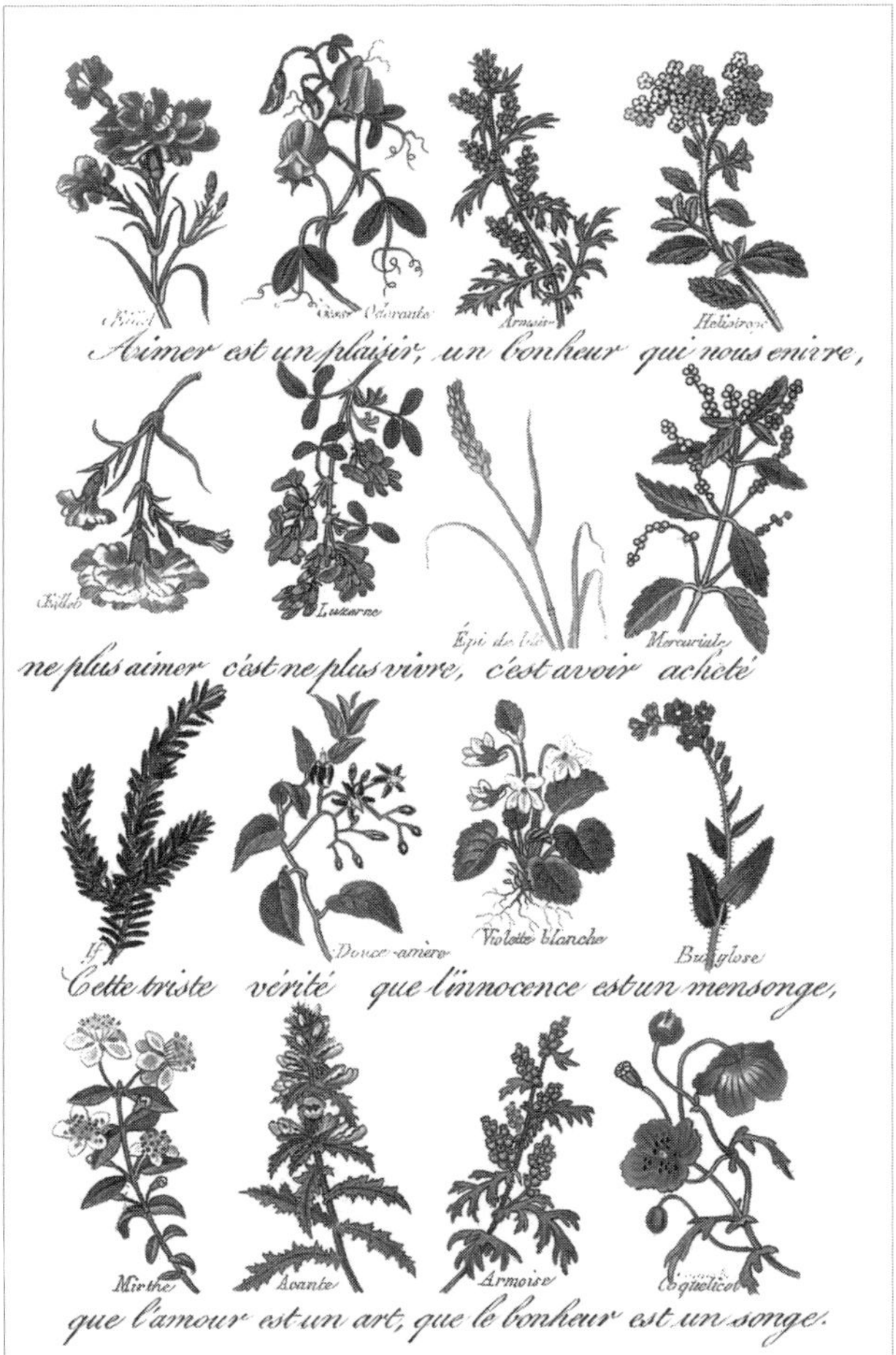

ラトゥール『花ことば』(1819年)の挿絵

それぞれの花はおおよそラトゥールの花ことばに従っている。逆さにした花はその花ことばの逆の意味を表す。例えば、赤いカーネーションは普通の位置では、「純粋で、熱烈な愛」ないし「そのように愛すること」を意味するが、二行目に見られるように逆さの花は「愛さないこと」を意味している。スイートピーは「洗練された喜び」を、ヤマヨモギは「幸せ」を、ヘリオトロープは「陶酔」ないし「私はあなたを愛しています」を意味する。

ウマゴヤシの花ことばは「人生、ないし、生きること」であるが、逆さにしてあるのでこの場合は「生きないこと、生きていないこと」の意味であろう。コムギは「富み」であるが、その穂の意味はラトゥールの著書には特には記されていない。ここでは「成就」ないし「売買」を象徴しているようである。ヤマアイは「善、ないし、好意」が花ことばとされているが、ここでの用い方は微妙である。シロスミレは「無邪気さ、あどけなさ」、ウシノシタグサは「嘘、虚構」の意味を有している。

イチイは「悲しみ」を、ヒヨドリジョウゴ（イヌホオズキ）は「真実」を、テンニンカは「愛、ないし、愛すること」を、アカンサスは「手練手管」、ヒナゲシは「慰め」を意味するが、ここでは、「徒なる、ないし、偽りの慰め」の意味で用いられているのであろう。

この場合のように、一つ一つ花を並べ、花ことばを伝えている例はまれであるが、このように配列し、解説をしてさえその意味を伝えることが容易ではないのであるから、ブーケや花束にして花ことばのみで意味を伝えようとすることは至難の技であろう。

先にも触れたが、このラトゥールの本に十数葉ある挿し絵はかの有名なルドゥテの弟子であったベッサによって描かれたものである。エッチングによるものか、リトグラフであるのか絵は非常に繊細で綺麗に彩色されており、傑作とされている。彼は他に、先に述べた、モレヴォが記した『花々』（一八一八年）などの挿し絵も手掛けている。ちなみに、このラトゥールの本は翌年にはドイツでカール・ミューラーによって翻訳され、『花ことば、あるいは植物界の象徴』という書名で出版されている。

ラトゥールの著作以後にも花ことばを受け継ぐものが現われるが、シートンはそのなかで次の六冊を挙げている。

始めの、シャルル＝ヨーゼフ・シャムベが著した『花の紋章《エンブレム》』は一八二五年が初版であるが、何度か再版されたようである。明らかにラトゥールの影響が認められ、多くはそのコピーであるとしている。

ルイーズ・ルヌボーの『花の象徴の新マニュアル』（一八三七年）は花ことばを体系化し、伝達の手段として確立しようとする野心作で、花ことばの文法を試みた点でシートンは評価している。しかしながら、これは少々込み入ったもので、以下にその簡単な具体例をいくつか示すことにしよう。

花ことばでは人称が重要性を持つ。一人称の「私」は、花を右手に持ち、右側に傾けることで示され、二人称の「あなた」は右手に花を持ち、左側に傾けることで示される。三人称の「彼、彼女」は左手に花を持ち、右側に傾けることで示される。その複数の意味は、二本の花を持つことで示される。時称は、花の持ち上げる高さによって表され、「現在」は花を心臓の高さに、「過去」は地面に向けることで、「未来」は眼の高さに持ち上げることで示される。すでにラトゥールの例でも見たように、花は逆さにすれば本来とは逆の意味を持つ。

これを書体として利用する場合には、若干の応用が必要であり、三人称を絵の形式で示すには、花は水平に傾ける一方で、時制は花の寿命の段階に応じて表現されるという。つまり、過去はあせた花によって、現在は今咲き誇る花によって、未来は蕾によって示されるとされている。

次いで、メッシールによる『教訓的花ことば』(一八四五年)は地域的に限定して出版されたもので、全体の構成には目立つような統一がなく、様々な花やその意味について述べているに過ぎないとされている。見え透いたものではないが、ラトゥールの影響も幾分確認できるものという。象徴的な内容の後に、一年草、二年草、多年草と区別された植物名のリストが続いており、十九世紀の花ことばの本としてカジュアルに利用するには代表的なものとされているようである。

シートンはピエール・ザッコンの『新しい花ことば』(一八五五年)は「新しい(Nouveau)」という名称のわりにはまったく新しいものではないとしている。彼女はこれは東洋のセラムを特徴とするロマンスを始めに配した花ことばに関する標準的な解説本に過ぎないと断じている。

アルベール・ジャックマールによる『御婦人方の花々』（一八四一年）は野心作とされており、このテーマに関する他の多くの著者を論じ、人工の花に関する論考があり、女性によって書かれた詩の紹介があり、花を題材に描かれた絵画についての批評も見られるという。今まで様々に出版された花ことばに関連する膨大な量の本を統合し、ちぐはぐな内容を組み合わせて「花の文法」を作ることは並み大抵の労力ではなかったようである。ジャックマールはこの本が初めての著作とされているが、後に、陶磁器や家具に関する権威として知られるに至った。

最後に、ベルギーで出版された花ことばの本であるが、ルイ・エメ‐マルタンの著したとされる『新しい花ことば』（一八三九年）が挙げられる。しかし、これは当時のこの種のフランスで出版された本の海賊版ではよく起きたことのようであるが、偽名の可能性があるとされている。エメ‐マルタンの名で多数のこの種の本が発行されているからである。シートンはこの本は、ラトゥールの花の象徴性《サンボリズム》とコンスタン・デュボの牧歌を合体させた、非常によくできた寄せ集めであり、序論の部分はどこかからそっくりまねたものではないかと推測している。エメ‐マルタンを騙った本が各種大量に出回った理由の一つには、ナポレオン時代に押さえ付けられていたベルギーの人々の抑圧されていたエネルギーが一挙に吹き出したのであろうとシートンは推測している。これらの本はフランスで出版されたものよりも安価で売られ、大挙してフランスになだれ込んだとのことである。

こうした本の出版社にはオード社のような小さな規模で、この分野を専門とするものが多かったようである。また、ジァネ社のような、子供向け、年鑑専門の出版社が多いともされている。ラトゥールの本は一八四〇年代になって初めて、ガルニエ社から発行されるようになったとのことである。

シートンは総じて、フランスの花ことばの著作はまず始めは上流階級の人々に浸透し、それらの人々に向けに出版されるだけであったが、次第に、中流階級、労働者階級の間にも普及するようになったとしている。これらの本は主に中流階級の文学的な趣味のある人々によって書かれており、花に対するセンチメンタルな人々の興味を利用して何らかの利益を得ようとして書いていると、手厳しいコメントをしている。

数々の風刺画や変身幻想画で民衆の人気を得ていたグランヴィルの挿し絵で有名な、タクシル・ドロール著『花の幻想』（一八四七年）についてシートンは、これは多くの風刺的要素を有する他にも、これまでの花ことば関係の著書に見られたセンチメンタルな花の扱いに対するパロディーであり、この作品の前後からフランスでは花ことばのブームの衰退が始まるとみなしている。十九世紀後半にはフランスではほとんど花ことば関係の著作は姿を見せなくなるとされている。花ことばに関する著作はフランスで始まったが、その隆盛が最初に衰退の兆しを顕わしたのも、かの地であったようである。

シートンはその後フランスにおいて「花ことば」の領域ではさしたる発展が見られず、このジャンルの著書は贈物用品に堕す傾向があったとしている。その典型として彼女は、フルーリ・シェヴァン社発行になる、『フローラのアルファベット』（一八三七年頃）と『花の王冠』（一八三七年）を挙げている。前者は、絵の下に花ことばを付した絵本という性格のもので、後者はルドゥテなどが描いた挿絵のある本の『花々の誕生』と対になるように編集されたもののようである。

五、イギリス――ビクトリア朝の花文化とフランスの影響

近代的な「花ことば」は、イギリスに一八二〇年代に主にフランスから伝えられたとされるが、この国で花ことばが流行するようになるまでには、それなりの文化的、社会的条件が整う必要があったようである。つまり、中産階級のみならず、労働者階級の人々までもが安価にこの種の本を買えるようになるには、印刷技術の発達と収入面での充分な余裕が保障される必要があっただろうし、さらに、内在する植物への関心が喚起される必要があったであろう。

まず印刷に関していえば、これらの「花ことば」を先がけて発行したのは、フランスと同様ほぼ小規模の出版社であったことをここで確認しておこう。これらの会社は花ことばに関する著作をビ

ジネスチャンスと捉えたのであろうか、大手の会社はこれらは大した利益にならないとみなしたものか、それとも危険な賭けであると判断したものか、ともかくシートンは大手でこれらを出版した会社はほんのわずかであったとしている。出来栄えを無視すれば、こうした小さな会社では廉価な本の出版が可能であったと考えられる。また、ここで印刷業の発達を指摘する必要があろう。当時、印刷技術には大幅な進歩が見られ、販売組織にも大きな改善があったとされている。そのため書籍の出版数はイギリス国内で飛躍的に増えたばかりではなく輸出商品の一つになった。ちなみに、一八八〇年代では年間一千万冊もの輸出があったとされている。大衆紙（週刊誌、新聞等）の発刊ブームも見られた。これらの現象と並行して、民衆教育にも前進が見られる。つまり、日曜学校、助教法学校などの慈善的な庶民教育を経て、一八八〇年には公教育も行われるようになったため、十九世紀初頭に約五十八％程度であった識字率は、一八五六年には七十％以上となり、一八八七年には九十％を超えたという事実をここで確認しておきたい。

この時代に関する様々な歴史や文化史の文献などからすると、確かに下層階級の悲惨な状態が伝えられてはいるし、諸々の問題性を秘めていることは認めざるを得ないにしても、少々乱暴な言い方ではあるが、総体として、ビクトリア朝の社会は繁栄し、生活条件の改善があったとしてもよかろう。つまり、社会面、経済面における全体の底上げがあったということである。ビクトリア朝を通じて農業人口は大幅に減少し、第三次産業（サービス産業）の人口が大幅に増加したことが史料的に確かめられている。シートンは特に、ビクトリア朝では中産階級の大幅な増加を指摘しているが、下層階級の内部にも様々な改善がなされたものと思われる。国威発揚とともに国民が豊かさを実感したのではなかろうか。

そうした状況のなかで、イギリスにおける広範な植物に対する関心が高まったことが指摘されている。例えば、キース・トーマスは当地におけるガーデニングの流行について触れている。彼はイギリス人のガーデニング好きは、つとにエリザベス朝以来知られてはいたが、取り分け、十九世紀初頭からはほぼ国民的な現象となった様子を伝えている。このことはジョン・ルードン発刊になる『ガードナーズ・マガジン』（一八二六—三四年）やその続刊（一八三五—四三年）などの流行が証左となるかも知れない。これは当然ながら大衆化と密接な関係があるはずであるが、トーマスは、当時の他のヨーロッパの国々やアメリカなどと比較してもイギリスがこの領域では抜きん出ていたとしている。また、彼は「この下層階級の木や花への愛好はオーストラリアへ輸出された」とも伝えている。彼はまた、庭に植えられる植物に関して、始めは薬用として実用的な面から、次第に純粋に審美的な面へ人々の意識が変化していった様子をも示しているが、この植物への興味はおおよそ女性の方が圧倒的に優勢を占めていたようである。

シートンは他に、室内用の花の流行も伝えている。エリザベス・ケント著になる『家庭のフローラ』（一八二三年）は鉢用の植物の育て方を紹介し、バルコニーでのバラやストックの栽培を推奨しているとされる。家庭園芸で当時人気のあったものとしては、ゼラニューム、フクシア、イチビ（熱帯産のアオイ科イチビ属）、カンサクラソウ（Chinese primrose）、タマサンゴ（フユサンゴ、リュウノタマ）、ホヤ（サクラン）、オランダの球根類などであったようである。また、この当時、モス・ローズ（moss rose）の異常なほどの流行があり、一八五〇年代から六〇年代にかけては国家的な熱狂の時期であり、このバラは「恥ずかしがりで、内気な乙女のいきな理想の縮図」であったとされている。

彼女はまた、切り花の利用にも触れ、インテリアの装飾としてのフラワー・アレンジメントの流行を伝えている。これに関しては時代が少し下るが、一例として、アニー・ハサード『住居《すまい》の花による装飾』（一八七六年）などの著書が指摘できよう。花は当然のことに社交的にも利用され、当時の男女が様々に花を飾っていた様子も伝えられている。ノーズゲイ（nosegay）の適切な利用はパーティーなどの人々の集まりでのレディーの重要な嗜みの一つとされた。流行を追う男性のみならず普通のビジネスマンもコートのボタンホールに花や時には小さなブーケをも挿したというが、ハサードの本にはそのブーケの作り方も記載されているらしい。この流儀は十九世紀なかばまでには定着していたようである。概して、カトリックの教会では花が多用され、プロテスタントの流れをくむ教会は花はそれほど飾らなかったとされているが、イースターの日曜日などのような何か大きな祭りごとの場合には花が積極的に利用されていたようである。また、聖霊降誕祭（Whitsunday）などには子供たちによる花の礼拝も行われていたことが指摘されている。こうした事情は、バレット著の『花と祝祭』（一八六八年）の出版などに示されている。ここではイギリスの例を挙げたが、シートンによれば、こうした花の利用はフランス、アメリカでもほぼ同様の状況であったようである。

これらの生きた花の利用の他にも、当時の植物と女性との強い結び付きを物語る様々な生活様式が見られる。花が容易に手に入らない冬のために、ドライフラワーにする方法もよく知られていたようであるし、フラワーアートやフラワークラフトは淑女《レディー》の教養の一つとされた。また、一八二〇―三〇年代には北アメリカ松（North American pine）の突然の流入があり、それとともに、この松を利用したアートの流行があったとされる。例えば、マツカサを一つ一つ切り離し、これを魚のうろこに見立てた装飾品なども流行したようである。総じて、春から秋にかけては、家庭園芸用の植物を中心に、リビングや食卓は生け花で飾られ、花の切れる冬には人造の花やペーパーフラワーがあり、刺繡の見本やタペストリー、かぎ針編み等々にも花がふんだんに題材として用いられ、ビクトリア朝の生活は花で溢れていたようである。

最後に、ボタニカルアート（植物画）とアルバムの流行について一言。当時の慰みごと、暇な時間の利用の一つにはアルバムがあった。アルバムはもともと白紙（album）の意味で、白紙からなる冊子に、スケッチ、水彩画を描いたり、押し花を作ったりすることが流行したものという。また、直に画家の指導を得られない人には『新植物画指南』（一八一六年）などの案内となる指導書がある。これらの画家には著名な、ピエール・テュルパンやジェームズ・サワビー、ジェームズ・アンドリューズ、またピーター・ヘンダーソンなどがいた。ソーントンの著作である『フローラの殿堂』の挿し絵を描いたピーター・ドゥ・ウィントやウォルター・フィッチはキュー植物園の専属の画家であり、『ガードナーズ・クロニクル』誌の一連の挿し絵を描いたとされる。

このように当時の植物に対する興味は非常に多岐にわたっており、また、広範な階級の人々に熱狂的に支持されていた。簡単に触れたに過ぎないが、イギリスの植物熱が一般に国民的、大衆的現象とされた理由の一端はお示しできたと思われる。

さて、ここで植物学（bonaty）の流行について一言触れねばなるまい。もともと植物学は十七世紀までにはかなりのレベルにまで達していた植物誌（herbal）から発展したものである。その頃、イギリスではジョン・レイが、外観や器官の構造の可能な限り多くの類似性に配慮した自然体系を作ろうとし、種の概念についてもできるだけ正確な定義をするように努力していた。そのため彼は新たな体系学を創始したとの評価がされている。ほぼ同じ頃、フランスのトゥルヌフォールは、花冠の形状のみに注目し、今までにない分類の体系を作りあげ、属の概念を明確に定義し体系学の発展に重要かつ永続的な貢献をしたとされている。そうした学問的な今までの成果を受けて、リンネは性体系による分類法、つまり、雄しべや雌しべの形状で区別する雌雄ずい分類法を創始した。彼のこの方法はわかりやすく明晰なため多くの人々の支持を得るに至り、各国に浸透し植物学の普及に大いに貢献した。と同時に彼は二名法（グループ名としての属名と種を区別する種小名からなる命名法で、現在学名に広く用いられている）をも確立し定着させることとなった。植物学は一部の学者のものから学問的興味のある一般の人々へと広がることとなり、十八世紀には植物学は上流階級の紳士の共通の娯楽とされるまでになっていたようである。いわゆるアマチュアリズムの典型としてのジェントルマンの学問とその流行である。

植物学やそれと密接な関係にあった博物学は、当時、教育を通じて社会的地位を高めたいという欲求や単なる知識の獲得のみを目差すものではなく、人格形成の手段としての意味をも持っていたようで、シートンは、その頃、著名な聖職者であり、社会改革者、小説家でもあったチャールズ・キングズレイのある講演の例を紹介している。彼が男性の若者には精神を向上させ、精神を広げ、広い心を持ちたいという当然の欲求があるのだから、現実を囚われのない眼で観察し、粘り強く、客観的に真実を求める博物学の研究こそ適していると考えていた様子を伝えている。しかし、また彼女は、この学問が次第に女性にも浸透してキングズレイの教室にも進出するようになり、彼が、「こうした御婦人方は私の邪魔となっている……しかし、何ができるというのか。ある年令に達したら、彼女たちは公爵夫人のように扱うか、う、う、撃ち殺すしか手はない」という憤懣をもらしたある逸話をも伝えている。

こうしたリンネの植物分類の隆盛の流れのなかで、その学問体系に従い植物学を一般の人々に広めるのに大きく貢献した著書をイギリスでは二つほど挙げることができよう。エラズマス・ダーウィンの『植物園』（一七九一、一七八九年）とソーントンの『フローラの殿堂』（一八〇七年）である。まず、ダーウィンの著書であるが、これは第一部の『植物の経済学』（一七九一年）と第二部の『植物の愛』（一七八九年）からなる。どちらも、ヒロイックカプレット（普通、叙事詩に用いられる詩型）の形式で書かれており、植物学や植物を擬人化したものであるが、特に第二部は、生殖器たる花の形態を人の社会になぞらえて、雄しべを囚われの（複数の）若者としたり、雌しべを高慢な女王として描いたりしている。一部の文人からは揶揄されることもあったようであるが、この本は当時非常な成功をおさめた。植物の形状をこのように人間の社会と比較することで、植物の繁殖というテーマをロマンあるものとならしめ、花とロマンチックな恋愛とを結びつけたとシートンは述べている。このことはひいては多くの人々を植物学へと誘う結果となったようである。筆者の眼にした一七九一年版は第一部の初版であり、二年前に出版された第二部と合冊になっており極めて精妙なエッチングの図版が数葉挿入されてあった。

ついで、ソーントンの『フローラの殿堂』であるが、これは『新説リンネ性体系の挿画』（一八

ソーントン『フローラの殿堂』初版（1807年）より

〇七年）の第三部にあたるものである。筆者はこれを二十世紀のリプリント版でしか見ていないが、極めて美しい彩色されたものと白黒の大型図版が多数ありジェッフリ・グリッグソンは解説にあたる部分で「イギリスの花の図版で他のいかなるものもフローラの殿堂（The Temple of Flora）ほどの名声を博してはいない」と述べている。ハンダサイド・ブキャナンの文献目録での説明によれば、『フローラの殿堂』にある図版は一七九八年から一八〇七年まで色々な図版が印刷されており、それが一八〇七年にまとめらて一冊の本となったもので、実に様々な異本（版）があるとのことである。彼はまた、これらの図版はアクワティント、メゾティント、点彩、銅版刷りがあり、それを彩色印刷した後に、画家が手を入れていると説明している。『イギリスのフローラ』（一八一二年）もリンネの分類法に従いイギリスの植物を分類、整理したものである。極めて精妙なエッチングによる図版があり、子房、雄しべ、雌しべ、花弁等々が一つ一つ正確に描写されている。記述は簡略であり、植物学以外の情報は記されていない。

こうしたリンネの分類法に従って、植物の知識や植物学を広く人々に普及させるのに女性の立場で多大の貢献した人物にアン・プラットがいる。八十七歳まで生命を長らえたようであるが、彼女は非常に病弱で自分では外に出て実地に花を見られない状態であったため、姉に牧草地や生け垣から写生用やサンプル用の植物を取ってきてくれるように頼んだとされている。彼女の最初の著作となった『花とその連想』（一八四〇年）は、民俗誌や植物にまつわる話題について触れたものであ

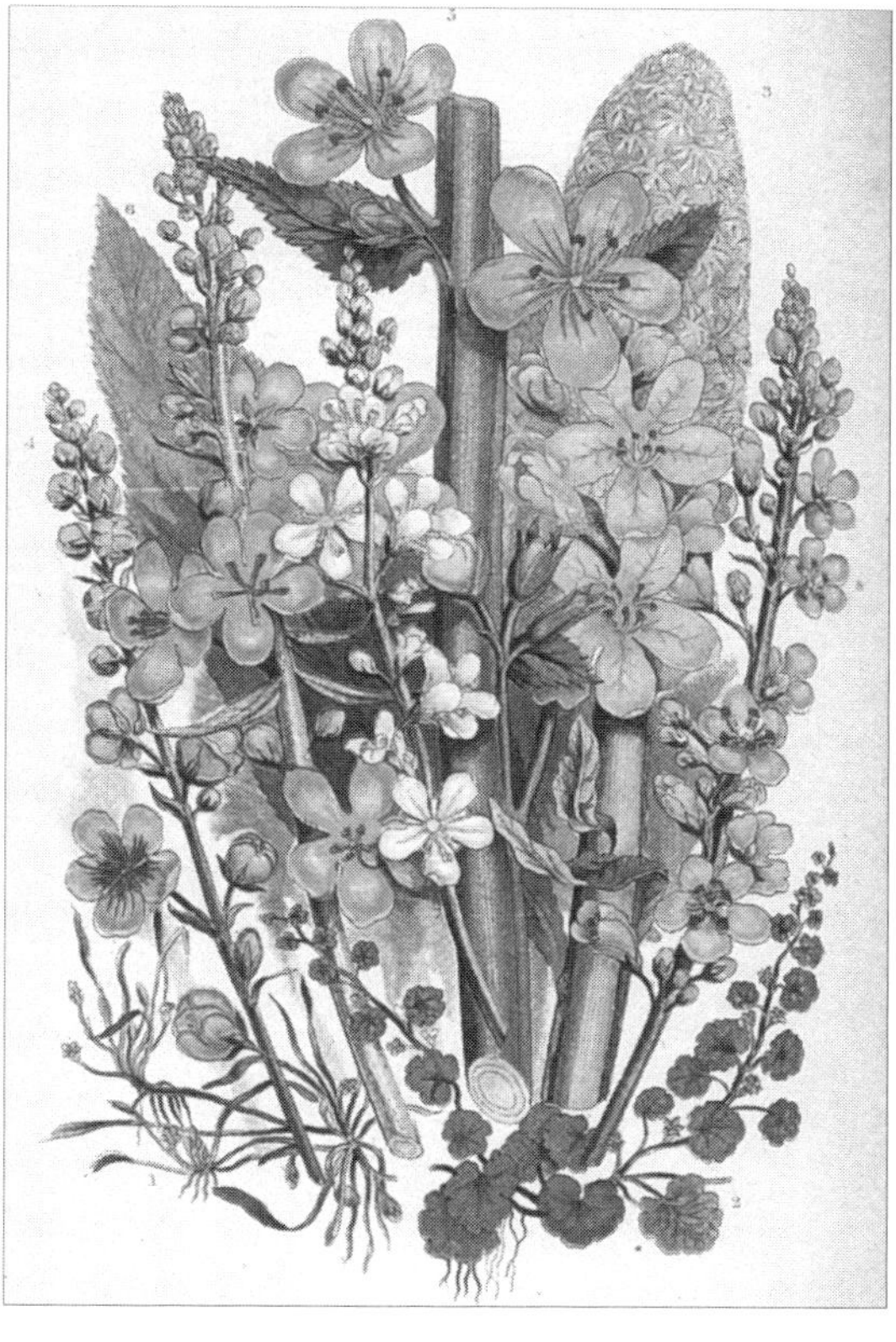

プラット『イギリスの花の咲く植物、草、菅、
シダ、およびその仲間』(1860年頃)の挿絵

り、一般の人々を花へと誘う案内書の役目をしていたようである。その「序」には花に対する当時の人々の興味の広がりと深化を如実に示す内容が記述されている。彼女の最も影響力のあった本は『イギリスの花の咲く植物とシダ』（一八五五年）とされ、五冊本であった。筆者の手許にある『イギリスの花の咲く植物、草、菅、シダ、およびその仲間』は一八六〇年頃に出版されたと思われるが、六冊本であり、エッチングによる素晴らしく繊細で美しい版画が多数ある。ここにはほぼイギリス全土にわたる花を咲かせる植物に関する描写があり、特徴ある植物を産する地方の記述が随所にある。病弱であった彼女がこれらの大部の著作を物したのはほとんど驚異である。ブラックソーン（blackthorn）、ビュレース（bullace）やスロー（sloe）を扱った章などには、これらの実をビンに入れて楽しんだ子供時代を懐かしむ様子の記述等がしばしば見られ、幼少の頃には彼女も実際に自然に触れる体験もできるくらいは健康な時もあったらしく思われる。網羅的に集められたイギリスの花々は当時最新の分類法に従って整然と配置されており、近代的な印象を与える。また、その植物にまつわるエピソードや伝承、文学作品からの引用も随所に見られ、巧まずして民俗学的な香りが漂っているが、迷信的な内容はほとんど眼にすることはできない。そのため全体として務めて科学的な態度を目差していることは明白であるように思える。これはおそらく当時の社会的風潮の自然な反映であろう。彼女には他に『野生の花々』（一八七〇年頃）などがあるが、これは非常に小型の二冊本であり、イギリスの野生植物を彩色された絵で紹介したもので、簡単な植物に関する説明がある。植物採集や野山の散策に際して携帯の検索用に印刷されたものであろうか。

こうした植物学に関するイギリスにおける大きな意識の変化について総括すれば、始めは植物を薬学に利用するという実用的側面からの興味と要求があったようであるが、これが社会的変化と相まって、広範にわたる植物学の流行をもたらしたようである。シートンはこれをいわゆる中産階級の大幅な増大によるものとしている。しかもこの現象はイギリスのみならずフランスでもアメリカにも見られるとしている。デヴィッド・アレンが『ナチュラリストの誕生』（一九七六年）で述べているように、これを限定的に福音主義および功利主義思想の影響のせいであるという考えの他に、スーザン・キャノンが『文化の中の科学』（一九七八年）で語るように自然科学は「真理の基準（a norm of truth）」をもたらし、それがビクトリア朝初期の人々の秩序と安定を求める要望と合致したとの考えもあるようである。シートンはこの考えを支持しているが、これはアレンのようにプロテスタントの一思想とか単なる功利主義という狭い把握の仕方よりも、キース・トマスの名著である『宗教と魔術の衰退』（一九七一年）が述べる、キリスト教神学のパラダイムと自然科学のパラダイムとの相関性、つまり双方の思想の枠組みにおける真理の関連性という観点から考えると確かに肯首できる意見であろう。

いよいよイギリスの「花ことば」について語る時となった。この「花ことば」をイギリスに移入するに際し、フランス革命やナポレオン戦争によって醸成されたフランス嫌いの風潮に対応するため、フランス臭い要素を払拭する必要があったようである。当時、イギリスではフランスの文化は一応上品であると認められてはいたが、逆に裏ではそれは堕落した、ふしだらな面をも有するとの解釈も可能な訳で、フランス人は一般的に不道徳とみなされていたようである。特に、既婚の女性が男性と同じように、他に愛人をつくり、交際する風習などはイギリス人には毛嫌いされたものらしい。取り分け、最初期に花ことばの本を世に問うこととなったヘンリー・フィリップスは彼の著書をまとめるに際し、性的な表現や暗示に富む部分はイギリス人にも受け入れらるように削除や言い換えするのに腐心したものらしい。彼は厳格なプロテスタントであったようで、フランス的な、カトリック的な要素には頑強に抵抗した様子が見られる。

それではこれに関連して、フィリップスの『フローラの紋章《エンブレム》』（一八二五年）から始めて、イギリスの「花ことば」関係の当時よく知られた著書のいくつかを紹介することとしよう。まず、『フローラの紋章《エンブレム》』であるが、これは美しい体裁の、彩色をほどこした挿し絵のある本で、花ことばについてのフランスの詩、花ことばの由来、曜日や各月の象徴や花のことば、アルファベット順の意味に対応する花ことばのリストなどがその主な内容となっている。これは「イギリスの詩人や画家」に捧げられていたためか、挿し絵があったにもかかわらず、それほど大衆受けは良くなかったようで、再版は一八三一年になってようやく現われている。これはラトゥールの作品から影響は受けて

◆イギリスで刊行された花ことばの本（主なものを出版年順に掲載）

著者	書名（出版年）
フィリップス Henry Phillips	フローラの紋章《エンブレム》（1825） Floral Emblems
ショーベル Frederic Shoberl	花ことば（1834） The Language of Flowers; With Illustative Poetry
マールヤット Frederick Marryat	フローラの電信《テレグラフ》（1836） The Floral Telegraph
タイアス Robert Tyas	花の気持（1836） The Sentiment of Flowers; or, Language of Flora
ヘンズロー John Stevenson Henslow	想い出の花束《ブーケ》（1840） Le Bouquet des Souvenirs; A Wreath of Friendship
エスリング Catherine Waterman Esling	フローラ小辞典（1841） Flora's Lexicon
アダムズ Henry Adams	花の教訓、ことば、そして詩（1844） Flowers: Their Moral, Language, and Poetry
タイアス Robert Tyas	花ことばと感情のハンドブック（1845） The Handbook of the Language and Sentiment of Flowers
ミラー Thomas Miller	詩の花ことば（1847） The Poetical Language of Flowers; or, The Pilgrimage of Love
タイアス Robert Tyas	花ことば（1869） The Language of Flowers; or, Floral Emblems of Thoughts, Feelings, and Sentiments
イングラム John Henry Ingram	花の象徴（1869） Flora Symbolica: or, The Language and Sentiment of Flowers
ワード Marcus Ward	花ことばと詩（1875） The Language and Poetry of Flowers
グリーナウェイ Kate Greenaway	花ことば（1884） Language of Flowers

いるがその翻訳ではなく、むしろ、ルコなどの多数の先人の文献を利用し、独自性を持った派生的作品とみなされているようである。全体として、彼の著作は花ことばに関しても道徳的な面が強調され、推奨されているとされる。

イギリスで最初に人気を得たものは、フレデリック・ショーベル著となる『花ことば』（一八三四年）で、これはほぼラトゥールの著書、『花ことば』（一八一九年）を翻訳した内容となっている。ただ、イギリスの実状に合うように、植物はイギリスのものに換えられている。彼はフィリップスとは異なり、内容を一般大衆に受けるような記述にしたとされている。これは数多くの再版がなされているし、アメリカでも大手の出版会社である、ケアリー、リー＆ブランチャード社などから多くの版が出された。彼は一八二一年から三四年にかけてルドルフ・アッカーマン出版になる『勿忘草《わすれなぐさ》』の編集をし、他に一般向けに、フランス語からの翻訳や旅行記や歴史物などの著作があるようである。

ショーベルの人気に抜け目なく注意を払っていたロバート・タイアスは『花の気持ち』（一八三六年）を出版したが、この著書も人気を博し四〇年代を通じて多くの版が世に出ており、三九年の時点でさえも六千部に達したとされている。この本は始め、ロンドンのヒューストン＆ストンマン社から出版されたのであったが、これも後にケアリー、リー＆ブランチャード社などから多くの版が出されている。一八六〇年代になるとラトリッジ社もこの改訂版を出したとのことである。

タイアス自身は出版会社をも経営し、数多くの種類の出版を手掛けているが、『花ことばと感情のハンドブック』（一八四五年）などがあり、いずれもアメリカでも出版されている。また、二十数年後には『花ことば』（一八六九年）も出版され、これも何度か再版が発行されているようである。他にも、植物に関する部分はジョン・ヘンズローの手になるとされているが彼の会社から出版された『想い出の花束《ブーケ》』（一八四〇年）があり、その挿し絵の美しさで知られている。

キャサリーン・エスリングの『フローラ小辞典』（一八四一年）はかなり完成された形式を持つ総合的な花ことばの本で、おおよそ、いくぶん簡略化された挿し絵とともに植物の学名、分類、説明、花ことばがあり、文学作品からの引用文がそれに続くという内容となっているようである。

トーマス・ミラーの著した『詩の花ことば』（一八四七年）は人気を得て、一八七〇年代までずっと出版され続け、ついにはアメリカで『自然のロマンス』というタイトルで出版されるに至ったとされる。この本は、愛の神キューピッドと花との関係を扱ったもので、遥か昔、天使たちが地上の女性の魅力に屈し、その栄光を捨てて地上へと降り下る前の楽園（Garden of Paradise）ではナイチンゲールは花々と語らい、花々は互いに話し合っていたという噂を聞きつけたキューピッドが、その花ことばを探しに行く物語である。始めは、思い通りにことの運ばなかった愛の神であったが、妹のバラに会い、彼女から花との話の仕方を習って以来、次第に習熟し、ついにはすべての花ことばを理解するようになったものであるという。さらに、彼はこのことばを人間の女性に教えるべきか悩んでいたが、テストしてみることとし、まず情熱的なアジアに花の象徴、意味のいくつかを知らせたが、その地の女性はその恋人を慰めようと秘密の花ことばを考案した。だいぶ時代が経た後で、今度は、陽気なイギリスの花咲き乱れる野原や、緑なす谷に入った彼は、花による伝達方法を広め歩いたが、男性は洗練され、女性は天使に近い存在になっていたのだという。彼はイギリスで花ことばがあがめられている様子を見て、はじめて自分の使命が完了したということを知り、安堵したものとされている。シートンはこの物語に、「花ことば」は有史以前に存在していたある種の普遍的なことばであり、過去においても現在でも、あらゆる文化に花の象徴が存在するという事実から、トルコでもイギリスでも本質的に同質のものであるとの考えを見て取っている。ミラーは当時めずらしい労働者階級出身の著者で、そのためか幅広い層の人々に支持されたものという。

ヘンリー・アダムズによる『花の教訓、ことば、そして詩』は初めロンドンで一八四四年に出版されたものであるが、十年後の一八五四年に『花ことばと詩』というタイトルでアメリカで出版されて以来、非常に人気を博し様々な版が世に出されたとされている。特にフィラデルフィアでの出版は数多く、一八七六年まで続いた。アダムスはカンタベリー在住の薬剤師で鳴鳥や籠用の鳥などに関する著作が数冊あるとされている。マーカス・ワードの『花ことばと詩』（一八七五年）は出版から十年足らずの一八八三年には三万九千部も販売されたものという。

こうした花ことばに関する著作のなかでもジョン・イングラムの『花の象徴』（一八六九年）は

画期的な傑作で、これまでのこうした種類の集大成であるとともに、民俗学的要素を有し、未来を見越したものであった。彼はその序文で、「この本がこのテーマで今まで出版されたなかでも最も完備したものであることが判明するであろうと自負している」と述べており、その自信の程が窺われる。そのことばの通り、これは単に花ことば紹介の本に留まっていない。構成および内容においても極めて充実したものであった。例えば、第一章は「バラ（愛）」となっており、バラの起原、由来について、原産地のアジアの説明に始まり、ギリシア、ローマの古典に見られる様々のバラの描写が紹介され、引用されている。ついで、ヨーロッパの中世、近代の作家へと移り、同時代のアメリカのワシントン・アーヴィングやフランセス・オズグッド等からの引用の記述も見られる。様々なバラにまつわる風習、伝説も詳しく伝えられている。特に、同時代のイギリス関係の文学作品からの引用は充実している。このようにして、このバラの章を読むことで、古代のサッフォー、テオフラストス、プリニウスからイングラムにとってはまさしく時を共有している同国人の文学者であるバイロン、ブラウニング夫人、ベイリーに至るまで、この植物にまつわる諸々の文学、各地の風俗、慣習を網羅的に知ることが可能となっている。

次の章は「サンザシ」であるが、同様にして非常に豊富な内容の記述で満たされている。全体で百種類ほどの植物と花ことばが扱われており、巻末の数章は「花占い」や「花時計」、「聖なる花々」などの特集となっている。ただ、惜しむらくは、花ことばに関してはいささか淡白な扱いが目立っ

イングラム『花の象徴』(1869年) の扉頁

ていることである。おおよそ、各項目の最初に取り上げた植物のたった一つの花ことばのみが記載され、数行の説明があるのみである。さすがに、数多い花ことばの中から最適なものを選んであって、読者は躊躇する余地も、迷う必要もないのではあるが、様々な花ことばの本の様々な象徴や解釈を見てきた後では若干の物足りなさを感じる。また、この著作には当時隆盛を極めた植物学的な要素がないことも気になる。当時の多くの植物関係の本には、リンネの分類法に則った、植物学的な記述の内容を盛り込んだものも多くあり、その面での情報が欠けていて若干の物足りなさを感じざるを得ない。

こうした記述からもおわかりのように、イングラムはまったく文学肌の人であったらしく、極めて熱心な文学研究者でもあり、ポーに傾倒し、ポーの伝記を手始めに、クリストファー・マーロー、チャタートンなどの伝記をも手掛けている。

この後、六〇年代から世紀末にかけてイギリスでは民俗学的要素を有した植物関連の著作がブームとなる。先にも触れたが、例えば、シェイクスピア関連のこの種のものにはヘンリー・エラコムの『シェイクスピアの植物伝承と園芸術』（一八七八年）やレオ・グリンドンの『シェイクスピアのフローラ』（一八八三年）などがよく知られている。他にも、シスルトン‐ダイアーの『シェイクスピアのフォークロア』（一八八三年）などがあり、妖精、植物、動物から結婚、迷信に至るまでエリザベス朝の風習が網羅的に述べられており非常に重宝するものであるが、彼の『植物のフォークロア』（一八八九年）などは、シートンによれば「（フォークロアに関して）イギリスの著作では最も重要性がない」と手厳しいコメントがある。

すでに見てきたように、フランスでは十九世紀の中頃に「花ことば」の衰退が始まっていたが、イギリスではケイト・グリーナウェイの『花ことば』（一八八四年）がその徴候の始まりとシートンは考えているようである。彼女はこの本には花輪や、花束、花の入った花瓶、それに自然のなかの女性や遊ぶ子供の情景などが美しい挿し絵で描かれているが、花ことばとは全く調和していないように感じられるとしている。彼女の表現によれば、「あたかも子供が花ことばの本を見つけてページの余白や空白の部分に絵を書き込んだように」とのことである。さらに、ここでは挿絵と本文はまったくかけ離れれていて「まるで二つの違う世界」のようだという見解も見られる。筆者の眼にした本は詩集の部分が削除されてあるリプリント版であったが、確かに、挿絵と花ことばはまったく関連性がないようにただ羅列されているだけとの印象を受けた。もっとも、この著書はその後もしばしば再版されているし、美しい、魅力的な挿し絵を持つこの本は日本語にも翻訳されてはいるのだが。グリーナウェイには他にも、マザーグース、アップルパイ、子供向けのゲームやアルファベットの入門書など多数の著作がある。

シートンはこうした広範な植物に関する興味の推進力となったものは、単に人間に内在する本能的なものであるとの考えのようである。つまり、こうした現象は私たちが本来有している花や植物

グリーナウェイ『花ことば』(1884年)の挿絵

への興味が、「花ことば」の本、より広義には「センチメンタルな花の本」の出版の普及を通じ、恋愛ごとに微妙に関連しながら利用されたとの考えのようである。つまりは、恋愛感情をフランス流に上品に、さらりと表明するために「花ことば」が利用されたための大衆現象と考えているようである。彼女が繰り返し述べている定義である、「花ことば」とは「ほとんどが恋愛沙汰の行為にからむ、花の名前とその関連する意味のリスト」はこの文脈《コンテキスト》で考えられるべきもののようである。確かに、花ことば関係の本の流行とイギリスでの社会的、構造的変化とは相関しているようである。まさしく十八世紀中頃から始まったとされる産業革命がこの当時進行中であり、十九世紀末にかけての大変動時期と重なる。しかし、こうした多様な発現形式の現象の推進力となったものは何であるか、これは非常に大きくも重要なテーマであり、シートンのように人間に内在する本能的なものとして片付けるのではなく、本来は厳密な社会学、歴史学ないし文化史学の、また、心理学の領域の研究テーマとなるべきものであろう。

最後に、こうした「花ことば」の本の出版に関してであるが、先にも触れたように、大手の出版会社は始めこれらの著作には興味を示さず、ボーグ、ハリソン、オリファントなどのあまり目立たない会社で出版されたものらしい。例外的に、ラトリッジはアン・バークが編集した小さな、挿し絵入りの花ことばの本を一八四〇年代から八〇年代にかけて数多く世に送り出した。他にも、ソーンダース・アンド・オトゥレイ社は、イギリスでの最初のこの種の出版物となる、フィリップス著の『フローラの紋章《エンブレム》』（一八二五年）やショーベルがラトゥールの著書を利用し編集したものである『花ことば』（一八三四年）や、かなりパロディー的な要素の多いフレデリック・マールヤットの『フローラの電信《テレグラフ》』（一八三六年）などを他に先がけて出版したとされている。

六、アメリカ――独自の発達

シートンはアメリカで最初に花ことばを紹介した人物はコンスタンティン・ラフィネスクであろうとしている。彼はフランス人の父とドイツ人の母との間に、トルコのコンスタンティノープルで生まれ、アメリカに渡る前にシチリアで職歴のある、植物学者兼魚類学者。ケンタッキーにあるトランシルヴァニア大学で一八一九年から二六年にかけて七年間教鞭を執るが、教えたのは薬用植物学（medical botany）であったとされている。かなり変わった、常軌を逸した人物との評判が多かったようである。花ことばに関して彼にまとまった著作がある訳ではないが、週刊の『サタデー・イヴニング・ポスト』や月刊の『花の小箱』などに寄稿し、その記事のなかに花の象徴、花の歴史などに関する記述が見られるとされている。特に、一八二七―二八年の記述にその傾向が強く見られるようである。また、彼の『薬用のフローラ』（一八二八年）にも関連する内容が記載されているという。こうしたことから、シートンは彼をアメリカでの最初の花ことばの紹介者としたいような口調であるが、扱われている植物が普通に花ことばに用いられるようなものではなく、ほとんどがアメリカの在来種であり、花ことばの意味も普通の意味とは大きく異なることなどからこの解釈には問題もありそうである。

アメリカで最初に花ことばを普及させたのはエリザベス・ヴァートの『フローラの辞典』（一八二九年）であるとされている。この本は驚異的な成功をおさめたようであるが、著者は匿名で単に「A Lady」とされていた。この著書は、イギリスのほとんどの花ことば関連の著書がラトゥールの影響下にあったほどには、内容的に左右されていないようである。様々な内的事実から彼女がラトゥールの作品を読んでいたことは確認されているが、取り上げられている植物はアメリカのものに適合するように変えられ、意味も大きく変容しているとのことである。

シートンはこの本には多くの種類の愛情に関する名称が見られるとし、十二種類ほどの例を挙げている。例えば、「疎遠になった愛」、「子としての愛」、「望みのない愛」、「一目惚れ」、「軽蔑された愛」などである。また、女性的な特質に関する名称も多く指摘されている。また、実用的な花ことばの例をも示している。例えば、「出発」、「セレナード」、「時間」、「愛の大使」等々である。こうした花ことばに共通しているのは、フランス流の恋愛ごとが、概して、既婚者が密かに愉しむための遊び的な要素が強く、結婚とか社会的生活とは結びついていない、深い意味での心理的、精神的経験であることを暗示するものであるのに対し、アメリカでは恋愛が社会的なビジネス（social business）と考えられる傾向があるためであるとしている。つまり、フランスでは恋愛は、結婚を目的にしたものではないのに対し、アメリカでは結婚でのパートナーを求めている若い人々の一種のビジネスであるとの文化の違いを指摘している。

エリザベス・ヴアートは、実際、十八歳の時に三十二歳の社会的に成功したウィリアム・ヴアートの二番目の妻として結婚し、多くの子供をもうけたとのことである。ウィリアムは魅力的で音楽を愛する人物であったと伝えられている。家庭では、良き妻であり、良き母であった賢夫人の彼女の選んだ花ことばに、肯定的な、明るい、健康的な面を示すものが多いのも当然のことであろうか。

サラ・ヘイルの『フローラの解説者』は一八三二年に出版されているが、関連する各種の本を切り張りしただけの、かなり売り込み的な面が強かったにもかかわらず大衆受けはよかったようで、六〇年代まで継続して発行された。この本には様々な版があるが、一八四八年からは花占いの要素を加え、『フローラの解説者および花占い』という名称のもとに発行された。なお、ヘイルは『ゴディーズ婦人読本』の編集者でもあった。当時のベストセラーにはさらにエスリングによる『フローラ小辞典』（一八三九年）がある。これも切り張り的内容であったことは『フローラの解説者』と同様であったとされているが、少なくとも一八六三年までは（恐らくはそれ以降も）出版されたとのシートンのコメントがある。

◆アメリカで刊行された花ことば関連の本

（主なものを出版年順に掲載、イギリスからの移入は除く）

著者	書名（出版年）
ヴァート Elizabeth Gable Wirt	フローラの辞典（1829） Flora's Dictionary
ヘイル Sarah Josepha Hale	フローラの解説者（1832） Flora's Interpreter; or, The American Book of Flowers and Sentiments Poetry
フーパー Lucy Hooper	花と詩の婦人読本（1841） The Lady's Book of Flowers and Poetry
オズグッド Frances Osgood	花の詩、および詩の花（1841） The Poetry of Flowers and Flowers of Poetry
メイヨ Sarah Mayo	花瓶（1844） The Flower Vase
グリフィン Marry Griffin	フローラの酒杯からの甘露（1845） Dewdrops from Flora's Cup
メイヨ Sarah Mayo	花うらない（1846） The Floral Fortune Teller
カートランド夫人 Mrs Kirtland	花の詩集（出版年不明） Poetry of the Flowers
オズグッド Frances Osgood	花の捧げもの（1847） The Floral Offering
ヘイル Sarah Josepha Hale	フローラの解説者および花占い（1848） Flora's Interpreter and Fortuna Flora
デュモント Henrietta Dumont	花の捧げもの（1851） The Floral Offering
グリーンウッド Laura Greenwood	田園の花輪（1853） The Rural Wreath; or, Life Among the Flowers

一八四〇年代に人々に非常に人気のあった花ことば関係の二冊の本がニューヨークの小さな出版社ライカー社から発行されている。一冊はルーシー・フーパー著の『花と詩の婦人読本』、次はフランセス・オズグッドの『花の詩、および詩の花』でいずれも一八四一年に発行されている。前者は、わずかに花ことばが挿入されている花を題材にした詩集といった趣きがあるとされるのに対し、後者は花ことばに関してさらに掘り下げたもので、この類いの本としては標準的な内容とされている。ただ、シートン自身のことばによれば、このオズグッドの作品はアメリカに適合するように彼女がロバート・タイアスの著作をアメリカの読者向けに内容を変更したものである、とのことであるが、この点に関しては色々意見の別れるところかもしれない。この本は当時非常によく知られていたものらしく、アメリカのみならずイギリスの文献でもしばしば引用されている。管見の限りこの著書を日本で目にすることはできないようであるが、先に触れたように、題名やイングラムに引用されている内容などから想像すると、多くの詩の引用に花ことばによる説明を付したものであろうか。オズグッドはさらにケアリー&ハート社のために『花の捧げもの』（一八四七年）を著したが、これはふんだんにある挿し絵とブーケに寄せて彼女が書いた詩から構成されているという。数年後、ヘリエッタ・デュモントはまったく同じ書名の『花の捧げもの』（一八五一年）という本を世に示したが、これは一八五〇年代、六〇年代の初期まで非常に人気があったということである。最後にローラ・グリーンウッドの『田園の花輪《リース》』（一八五三年）を挙げておこう。これは五〇年代、六〇年代にも発行され続け、一八八〇年には『花々に囲まれた生活』という書名で再発行されている。

シートンは他に、区別が時として難しい場合があるとしながらも、花の詩集や花の詩の選集にも数冊触れている。例えば、サラ・メイヨの『花瓶』（一八四四年）などのように花の意味に従って構成された詩や詩の抜粋を集めたものや、全体として、花にまつわる詩集のなかに花ことばが挿入されている場合のカートランド夫人著『花の詩集』、さらに、メアリー・グリフィンの手になる『フローラの酒杯からの甘露』（一八四五年）の場合のように花ことばの辞書的なリストが組み込まれているものなどが示されている。

サラ・メイヨには、他にアメリカでも最初期に属する花占いの本である『花うらない』（一八四六年）がある。これは花と詩を組み合わせて楽しむように配されているという。花占い関係の著作では、サラ・ヘイルが著した、『フローラの解説者』（一八三二年）が早くから知られ、様々な版があったことはすでに触れたが、これが『花占い』と一緒になり一八四八年以降は『フローラの解説者および花占い』という形の合冊でかなりの人気を得て、この種の本では最も有名であったとされている。

これらの花ことば関連の著作のほとんどがイギリスの場合と同じように小さな出版社で発行されたものらしい。そうした会社には、ニューヨークではダービー・アンド・ジャクソン、クラクストン、フェノ、ライカー、ボストンではバッファム、コットレル、マッセイ、デイトン・アンド・ウエントワース、フィリップス・アンド・サンプソン、フィラデルフィアではペック・アンド・ブリス、ポーター・アンド・コーツ、レムセン・アンド・ヘッフェルフィンガーなどがある。よく知られた出版社ではわずかに、リッピンコット社、および、ケアリー、リー＆ブランチャードだけとのことである。総じて、アメリカの「花ことば」関係の本の出版に関して特徴的なのは、ほとんどの編集が女性の手でなされていたり、しばしば詩人であったり人気ある編集者であることであろうとシートンは述べている。

さて、最後に挙げたケアリー、リー＆ブランチャードからは前にも触れたようにアメリカで最初の年鑑となる、『ザ・アトランティック・スーヴニール』（一八二六年）が発行されている。他にも『ザ・トークン』（一八二八年）という年鑑がサミュエル・グッドリッチによって創刊されているが、インターネットで調べた限りでは、この二誌は一八三六年までには合併されていて、グッドリッチの編集のもとにボストンのチャールズ・ボーエン社から出版されている。全体として詩集に散文が混じった内容で、多くの挿絵があり、クリスマスや新年の贈答品といった性格のもののようである。序文では、グッドリッチは『ザ・トークン』の創刊以来の方針は出来るだけ外国からの影響を排除することであったとし、特に、文学の領域ではアメリカの作家により維持されて来たと述べている。寄稿者には著名な、ジョン・ニール、キャサリーン・セッジウィック、リディア・シガニーといった作家の他に、ロングフェローやホーソンといった大物の名前も見えている。ついでに、年鑑といえば一九九一年から翌年にかけてアメリカに滞在したおり、近くのスーパーの書籍売り場で『老農夫の暦』(一九九二年)という珍しい本を見つけ購入した。これは年鑑(Annual)ではなく暦(Almanac)であり大きくその性格を異にするが、関連すると思われるので簡単に触れよう。この暦はロバート・トーマス(一七六六―一八四六年)によって一七九二年に創刊されたもので、発刊二百年記念号であった。全体で三百ページ弱、創刊当時はこの十分の一程度の分量だったと記載されている。多くの広告があるが、驚いたことに、巻頭には当時の大統領であるジョージ・ブッシュが祝辞を述べた寄稿文がある。内容は、さすがに農民のための暦のためか全体として農業に関する記事が多いが、年間の日の出、日没の地域ごとの時間、日照時間、月の満ち欠け等が記され、年間の祝祭日、休日の表も記されている。さらに、驚くべきことに、年間の星座の説明に四十ページほどがさかれ、非常に詳細な惑星の相の変化と天候との関係が述べられている。続いて、数十ページにわたりアメリカの地域ごとの年間の天気予報が記載されている。他にも、流行の料理のレシピ、主なハーブの簡単な説明とフォークロア、月の星座《サイン》による作付けの時期等の記載が見られる。おそらく、全体として内容の基本的性格はこの二百年間で変化がなかったであろうと推測される。創刊当時、一部六ペンスで販売され、ボストンだけでこの種の暦が十九、アメリカ全土では数百あったが、一八四〇年代まで残ったのはこのトーマスの暦のみで、創刊時は三千部、次年度は九千部、そして南北戦争の終わりころには二十万部まで売り上げを伸ばしたようである。ちなみに、出版社はボストンのアポロ・プレスと記されている。

シートンは宗教や道徳に関する「花ことば」の出版は最後の時期の部類に属するとして、イギリスとアメリカのものをいくつか紹介している。これは後に示すように十九世紀末に比較的多くこの種のものが出版されているからであろう。もっとも、筆者は特定されてはいないが、一八三一年にはエディンバラで『クリスチャンの花』が出版されており、この分野の先がけとなっているようである。ここでは花は季節によって配列され、その花ごとに聖書のことばが割り当てられており、花と聖書の一節と結びつけることを目的としている。一八三五年にはシーリー・アンド・バーンサイド社から『花を愛するクリスチャン』が出版されている。初版はイギリスのロンドンであったが、アメリカでもフィラデルフィアのケアリー、リー＆ブランチャード社から同年に出版されている。これも標準的な花ことばの形式に則ったものではなく、花と聖書の一節を関連づけたものであるらしい。シートンは数例示しているが、そのなかの一例を紹介すると、デージーは一つの花に多くの小筒花がある複合花であるとして、「コリントの信徒への手紙 一」十章十七節の「パンは一つだから、私たちは大勢でも一つの体です。皆が一つのパンを分けて食べるからです」を割り当てられているという。また、シートンは通常の「花ことば」の形式に従い、花ことばを志向している宗教的な本として、彼女が眼にした二冊を紹介している。一冊はアメリカ人でカトリックの司祭であったアンドリュー・アンボーエンが著した『フローラの使徒』（一八九二年）で、もう一冊はイギリス人のマーカス・ワードとされているが、これはおそらくペンネームで彼女がキャノン・ブラモルドが正式の名前であろうと推測している聖職者の書いた『聖書の花ことば』（一八九四年）である。前者は植物がアルファベット順に配されており、最後にもアルファベット順のリストが付いているという。一例として、この本ではオダマキの花ことばは「心配」であるとされるが、その理由は示されていないで、付されている説教は、心配しないで神を信じること、とあるという。この本の花ことばの意味は普通の花ことばの本の意味とは大きく異なるともされている。後者の序言には、「そして古いなじみある花ことばはこのようにしてより高度で、より神聖なることばに翻訳できるであろうし、似たようなすべての教訓によって神の愛の物語を私たちに伝えてくれるであろう」と書かれているという。この本の花ことばは前者のものより普通の花ことばに関連を持っているとされる。この本もアルファベット順に配列され、花の意味と聖書の節が記されているだけであるという。シートンは宗教的な花ことばを創ろうとする試みがこのように遅くなって現れた理由について次のように推測している。つまり、通常の花ことばがあまりに大衆の文化に浸透していたためではないか、というのが彼女の第一の理由であるが、補足すれば、あまりの圧倒的影響力のために宗教的解釈が入り込む余地がなかったということであろう。次に、通例の花ことばには恋愛やロマンスの意味合いが込められていたため宗教的な教えにそぐわなかったためではないかとしている。そして、それが世紀末に近づくにつれて、花ことばは古風に、奇異に感じられるようになり、すんなり宗教的意味合いが受け入れられる状況に変化したのではないかと推測している。

彼女は他に、花ことばを記憶術によって覚えるための指南書や花ことばが、カレンダー、香水、葉書などの生活の様々の広告に利用された例を挙げ、最後に、年鑑などに現れた花ことばにまつわる詩や劇をいくつか紹介し、真摯な花ことばの扱いをしている作品はわずかに存在するが、大半はパロディーや皮肉めいた取り上げ方をされていると説明している。

七、花ことばのその後

シートンは、フランス、イギリス、アメリカの国での「花ことば」の推移について述べた末尾のところで結論として、「ビクトリア朝の人々は実際どの程度花ことばを用いたのか」という質問には容易に答えられないと述べている。よく半可通のコメンテイターは数冊の「花ことば」を読んで、「ビクトリア朝では、紳士が貴婦人に伝言を送りたいと思ったとき、しばしば花ことばを用いてそうしたものである」と断言することが多いが、これは誤解であろうとしている。彼女が、小説、劇、自叙伝、手紙などの様々な文献を調べ挙げた結論は使用の実例は非常に数少ないというものであった。また、「花ことば」の本を数多く渉猟した後に実際の使用例を示すものはわずかであったようである。ある本の余白には「私にはとうてい無理」という走り書きがあったとしている。また、これは自分自身の理解不足かもしれないと断ってはいるが、彼女が眼にしたある資料では花ことばに関してかなりの理解上の混乱を示していたと述べている。彼女は、確かにビクトリア朝の人々は花を愛してはいたが、それほど「花ことば」を現実に利用した訳ではないであろうとしている。その理由として、一つには、意味に一定の基準がなかったこと、さらに、実際問題として、一年中思い通りの生き生きとした花が手に入る状態にはなかったことなど挙げている。また、百年程度では人の性質は変わらないものだから、男性はこうした発案にはあまり興味を示さなかったであろうと推測している。彼女はあくまでも、「花ことば」は一貫して消費者現象の一つであり、現実世界とは希薄な関係しか持っていなかったとの意見のようである。

これに関連して「結論」のところで、世紀末にイギリスとアメリカでは都市化が進み、田舎や自然との結びつきが極めて希薄となり、新たな女性らしさの基準が求められるようになったという現実をシートンは指摘している。かつての、女性は自然と同等視され、善良なる女性は自然に溢れた田舎に暮らすという図式が崩れ、買い物にうつつを抜かす新しいタイプの女性像も出現したとしている。また、リンネ式の分類法の衰退とともに、新たな自然の分類法が発達してきた事実を彼女は指摘し、フランソワ・ドゥラポルテの説として、以前の自然科学は動物の生態を理解するのに人間のひな型（human model）を用いていたのに対し、世紀末までに細胞組織の違いが用いられるようになり、文化全体として、生命の形態の類似性よりはその違いが重要視されるようになったという見解を紹介している。

彼女によれば、都市化にともない、自然に対する人々の態度も大きく変化し、一八七五年頃までには、野生動物の狩猟、あらゆる分野での標本の収集、野生の花を採取し、売買することなどが、取り分け大都市においてかなり進行したとのことである。そのため、世紀の変わり目ごろにはイギリスにおいても、アメリカにおいても自然保護の動きが現れ始めたという。鳥類の保護に関しては、女性の帽子の羽飾りの問題が焦点になっていたとも紹介している。

こうした動きの徴候として、様々な野生植物の案内書の出現があるとして、シートンはイギリスではその代表としてヒースによる『森の春』（一八八〇年）、『森の冬』（一八八六年）を挙げ、どちらも注目すべき樹について触れながら新たな自然に対する態度を示しているとしている。また、アメリカでは名著の誉れ高い、ウィリアム・デイナが著した『野生の花案内』（一八九三年）を代表として挙げ、これはこの種の案内書では最も人気のあったものの一つとしながら、類似のエッセー集の『四季折々』（一八九四年）やシダ植物への案内書である『シダ植物案内』（一八九九年）とともに紹介している。滞米の折りに求めた筆者の手許にあるデイナ夫人の『野生の花案内』は最近のリプリント版であるが、その序文を読むと、リンネの分類法やチャールズ・ダーウィンの最新の遺伝の説に十分な目配りをしながらも、自然全体に対する優しくも鋭い観察眼の片鱗を見せており、確かに、以前の花ことばに関する本などとは微妙なトーンの違いを感じさせる。本文の文体も平明で読みやすく、楽しみながら自然への理解を深められるように配慮されている。ともかくも、シートンはこの自然保護運動は十九世紀の自然に対する感情の最終の、そして、最高の表現であろうと結論づけている。

最後に、彼女は「花ことば」研究の限界と可能性についても考察している。彼女はこれを「センチメンタルな花の本」の一部であり、商業主義的な大衆文化の一現象であると規定した後で、「花ことば」を含む大衆文化の研究は熟練の研究者に委ねられるべきで、かりそめの趣味人や素人にまかせてはいけないとしている。というのも、これまでの「花ことば」の扱いが極めて浅薄で不正確であったため、ビクトリア朝の生活、文化の誤解へと導いたからで、その時代が魅力的で、上品な人々の理想郷との、あまりにも空想的、単純な像を作り上げることになってしまったからであった。また、この研究は、異文化交流のテキスト間相互関連性の事例研究《ケーススタディー》として見ることも可能であるとしている。つまり、大衆文化としての形態の発展を調査し、文化の境界を超えた発案と芸術的概念の広がりを追跡して行く必要があるとしている。次いで、「花ことば」は花の象徴性という文化史研究のなかでも重要な部分を占めており、いまだに充分なこの領域での研究成果はなされていないため、正当な扱いが必要であるとしている。最後に、文学の分野、特にロマン派の詩人なかでもワーズワース、時代が少々後となるラスキンなどとの関連性、また、ミレー、ヒューズ、ウォーターハウス、バーン-ジョーンズなどの画家との関連性の学問的研究をも示唆している。

先に、シートンがこうした広範にわたる大衆現象的な花や植物への興味に対して、その推進力となるものを単に人々に内在する本能として捉えようとする姿勢に筆者は異論を申し立てたが、その心配もなく彼女はその著書の末尾に他の学問との関連性について触れており、その配慮にひとまず安堵している。しかしながら、彼女の結論である、「花ことば」は当時の人々の実生活とはそれほど直接的な関係は持たず、実際の使用例はほとんど見つけることができなかったとの見解を眼にし、再び、「素人」として果たしてこの結論はどの程度信頼すべきものかという疑問を禁じ得なかった。彼女は当時の文学作品から個々の手紙に至るまで相当な量の文献に接しての結論であろうから決して疑う訳ではないが、どの程度まで「花ことば」が人々に浸透し、利用されたのかという自ずからなる興味は必然的に生じるであろう。また、シートンは触れていないが、ドイツでも「花ことば」の流行があったとされており、スペインでもその徴候はあったようでもあり、したがって、実際はヨーロッパ全土にまで広がり、浸透したその現象の推進力となったものに対する本格的な研究はやはり必要なのではないか。再度、これらのテーマに対して、社会学、心理学、歴史学、文化史学等の領域からのアプローチを心から期待しつつ本稿を終えようと思う。

おわりに

高山鉄男氏の解説によれば、バルザックの『谷間のユリ』が刊行されたのは一八三六年六月のことであったが、最初の執筆についての言及は三五年三月の書簡に見られるという。思えばラトゥールの『花ことば』の出版は一八一九年頃のこととされており、「花ことば」が盛んにサロンや文人たちの間でもてはやされていたことであろう。バルザックの三十五、六歳に当たり、さすがに、若々しい躍動感に溢れている。在り来たりの花ことばでは満足できなかったのであろう、瑞々しい、オリジナリティーのある花ことばで綴られている。幸いなことに、青年フェリックスとモルソーフ伯爵夫人の花ことばは互いに交信可能なものであったようである。

本来、人はそれぞれ詩人の要素を持っているのだから、人それぞれ自らの花ことばを有するのであろう。しかし、それでは「ことば」としては不都合であり、何か共通するものでなければ互いにわかりあうことはできない。そこで花ことばの天才や達人が必要とされる。フランスではラトゥール、イギリスではフィリップス、アメリカではヴァートのような人であろうか。彼らは、その花や植物の持つ、色、形態、香りといった特徴に、その花の由来や伝承、文化に占める意味合いを加味し、花ことばを直感的に創り上げる。しかも、そこには簡単なものではあるが、否定、人称、時制などの文法もある。その「ことば」には人々を納得させるものがあったのであろう、国を越え、時代を越えてほぼ普遍的に人々に用いられている。その花ことばがあまりにも不都合である場合は若干の修正を加えながら。

今、手許にマルタ・セグワン-フォント著になる、二冊の花ことばの本がある。シェーヌ出版社から比較的最近発行された『花ことば』と『野草の花ことば』である。どちらも美しい挿絵があり、各花の紹介の冒頭の部分には詩が引用されている。詩には山部赤人や藤原広嗣、芭蕉など日本人の短歌も俳句も登場するし、現代の詩人のものもある。そういう点は少々異なるが、個々の花ことばは基本的にラトゥールのものとほぼ同じである。十九世紀イギリスの「花ことば」にも極めて似ている。百年、二百年の時を隔てても通じ合うことが可能である。その神通力には驚かされる。

「近代の花ことば」の部分では記述すべき内容の多さから詩人の直感に触れることはほぼ出来なかったが、いくつか思い当たる例があり、ここでは一つだけご紹介しよう。フランスの項で取り上げたドロール著の『花の幻想』（谷川かおる訳）という本のなかに「詩人ジャコブスと花言葉の物語」という話をする花々のエピソードがある。これはパンジー（物思いという意あり）を擬人化して人間の世界をさまよう境遇に置いたものである。人々に一夜の宿を乞うたびに、断られ、さすらっていたある夕暮れ、親切な若者が彼女を見かけ、可哀想に思い、自宅に案内した。彼はジャコブスという名の詩人で母親と一緒に暮していたのであった。母も彼女のことを気に入り、迎え入れることとした。パンジーが落ち着いてから見わたすと部屋中花や鉢植えの植物に溢れ、まるで「緑の温室」のようであったと述べられている。食事と歓談も終わり、やがて眠る時となったが、ジャコブスは興奮のためその夜はどうしても眠れないことに気がついた。彼は起きだし、花を見て心を落ち着けようとした。サンザシの花に近寄り香りをかごうとしたそのとき、突然、次のような声が聞こえてきたという。「わたしの息吹を吸い込んで下さいな……だってわたしは春一番の花なのよ、私は『希望』なの！」というささやきであった。すぐに「ジャコブス！　ジャコブス！」という声が聞こえてきたが、それはヒルガオの呼ぶ声であった。このようにして次々と植物が彼に話しかけてきたので、結局、彼はそれまで聞いた内容を書き留めることとし、花々のことばを要約してアルファベット順の一覧表を完成させた。その疲れのせいかうたた寝をし、その夢のなかで彼は勝利者の月桂樹の冠をかぶり、詩人の王のしるしの黄金の竪琴を携えて歩いている姿であったという。まどろみから覚めると、微笑みかけているパンジーは、「花たちの言葉をあなたに伝えたのはわたしなんです」と彼に告げた。結局、一夜のことながら彼が花々と話しが出来たのは彼女の心ばかりの恩返しのおかげであった訳である。彼は作成した一覧表を彼女に読み上げ始めたが、突然、その紙

PENSÉE

「詩人ジャコブスと花言葉の物語」のパンジー
グランヴィル画『花の幻想』の挿絵

をくしゃくしゃにすると、それを彼女の顔めがけて投げつけ、「畜生！　泊めてあげたお礼がこれって訳ですか？　……あなたの秘密って、ただの花言葉じゃありませんか……今どきこんなくだらないことを言ったら子供だってせせら笑いますよ！　……いいですか、よおく覚えておきなさいよ娘さん、今では全部変わってしまったんです。ぜんぜん別の意味があるんです……」と言って、現在の彼女の花言葉を告げるのであった。「策謀家」とか「孔雀の花」などの意味であるという。その騒ぎを聞きつけたジャコブスの母も息子の怒りの理由を知ると罵り始め、次のエピソードを語るが、それは今の話の「落ち」となっているのである。簡単にまとめると、ジャコブスの母と父が、昔、愛しあっていたころ、ある逢い引きの打ち合わせに彼女から彼に花ことばを送ったが、それは「とっても辛くて待ち切れない思いです……古城の廃虚でお待ちしてます、二時きっかりに」という内容であった。だが、不幸だったことには彼女は花言葉を間違ってしまった、つまり、「ミヤマコウゾリナ――午後の二時にお待ちします」というかわりに「黄色のバラモンジン――午前二時にお待ちします」と書いてしまったのである。さらに不幸だったことは待ち合わせの日が寒い日で、そのため、ジャコブスの父は凍死しかけ、鼻の先が凍傷となってしまったのだ。また、彼女自身は彼に裏切られたと思い込んで本気で自殺の覚悟を決めていたとも語る。したがって、「花言葉なんか勉強したせいでふたりとも危うく死ぬところだったんだよ……」とのことであった。ほうきで叩き出されそうになり、パンジーはほうほうの体で逃げ去ったもののようである。自らの新しい花ことばに驚きを覚えながら。

一八四七年に出版されたドロールのこの本は、シートンによれば「花ことば」をからかった内容であり、これ以来、フランスでは「花ことば」の関連の本は下火になったとされている。しかし、ここで注意したいのは、もうラトゥール流の「花ことば」が古臭く感じられているということでも、「花ことば」がすでに変更されているということでも、全体としてシニカルに扱われているこのエピソードの辛らつさでもない。ジャコブスが一夜限りではあったが、花々と話が出来るようになったと記述されている事実である。その様子はまるでフローラ（ここではその役目はパンジーであるが）から霊感を授けられたかのようであって、彼はまるで眼から鱗が取れたかのように、突然、花々の言葉を理解したということである。花々は人の心に直接話しかけてくるとされている。ここには、人と花とが共有し得る神秘的な領域があり、共感の関係が見られる。原題の『Les flours animée』が示すように、ここはアニミズムの世界なのである。おそらくは、程度の差はあれ、新しい花ことばが見い出されるときには、命名者にはこのような感覚が経験されるのではなかろうか。また、シートンによれば、アメリカの「花ことば」の創始者とされているラフィネスク、次に本格的に「花ことば」を確立したとされるヴァートなどはヨーロッパにはないアメリカ固有の植物の花ことばを様々に創り上げたもののようである。そうした場合にも、やはり庭で日々眼にする花々、山や野を散策するときに眼にする花々にこのような感覚を覚えたのではなかろうか。それは花々からの、ひいては自然界からの贈物ではなかろうか。「花ことば」は私たちが自然とそのような関係を結ぶ一つの手がかりとなるのではなかろうか。

あとがき

一年ほどまえ八坂書房から「花ことば」に関する本を執筆してもらえないかとのお誘いを受けた。自分の専門でもなく、他にも植物誌（Herbal）に関する著書を計画してもおり、しばらく躊躇したが、結局お引き受けすることとした。というのも、この十五年近く英文学に見られる植物の象徴や花ことばについて文献を集めたり、論文を書いたりしてきたので、それなりにまとめ上げることが出来そうに思えたからであった。

しかし実際は、生来の怠惰に日常的な多忙化という状況も加わり、ずるずると数カ月遅れることとなった。特に、後半部の「近代の花ことば」に関しては思いのほか難渋し、筆の進まぬ日が続いた。先にも触れたように、この部分はビヴァリー・シートンの『花ことばの歴史』に負うところが大きいのであるが、参考とした原著の構成が様々に入り組んでおり、どのようにまとめるのか迷ったからでもあり、かなり専門的な原著をどの程度ご紹介したらよいのか悩んでしまったからでもある。原著の魅力を読者の方々にお伝えしたい、しかし、あまりにも専門的になるのもはばかられたからである。おそらく、シートンの著作が日本に本格的に紹介されたのは、それが間接的なものであれ、今回が初めてではなかろうか。この分野の学術的な著書も日本ではいまだ充分には紹介されていないように思われる。筆者が今回調べた限りでは、日本での「花ことば」の簡単な解説、利用法などの一般書はかなり眼にすることがあったが、「花ことば」に関する通史的な解説書はほとんどなかったようである。春山氏や吉津氏などの著書にわずかに触れられているに過ぎなかった。また、シートンが基本的な図書に挙げてあるものでも大半は日本の研究機関、図書館にはないことが判明し、「花ことば」の本格的な研究はこれからとの思いを深くした。

シートンはもともとは十九世紀アメリカの文学が専門であったようであるが、ここでも明らかなようにフランス、イギリスを含めた大衆文化一般にまでその興味の領域は広がっている。「近代の花ことば」の部分は彼女の広範にわたる研究の一部をなぞったものに過ぎず、正確にその意図を伝えているのか心もとない。筆者としてはこれは「花ことば」の本としてはスケッチに過ぎないものと考えている。時間的制限やスペースの関係からも取り上げることの出来なかった著書や著者も数多い。不完全なもので、取りこぼしも多くあろう。この領域に興味のある読者にはこの著書を土台にさらに本格的な「花ことば」の領域に歩を進めて戴きたいものと考えている。この分野の研究がさらに進まれんことを心より期待している。

とはいえ、この本は決して学術的な内容を意図してはいない。そのため、特に注は付さないこととし、巻末に章ごとに引用したり、参考とした文献目録をまとめて記載するにとどめた。ご興味ある方は参照されたい。これは、一般の花言葉集などを大分読み込んでおり、今までの類いの本に物足りなさを感じられる読者で、さらに踏み込んでその由来、推移などに興味を覚えている方々を対象にしている。しかし、後半の「近代の花ことば」に関わる内容があまりに著者や著書の紹介に終始していると感じられたり、煩わしく思われる方々には、ラトゥールやイングラムなどの具体的な記述なり、興味を覚えるところを選択して読んで戴ければ有り難い。

今回の執筆は辛いこともあったが、新たな発見もあり、また、対象が美しい本の場合が多く、実際は楽しまさせて戴いたというのが本当のところであろう。このささやかな著書が成るにも多くの方々のご協力があった。すべての方々の名前に触れることはできないが、今回の機会を与えて下さり、貴重なラトゥールの原著を長期にわたり貸して下さった八坂書房には謝意を申し上げたい。特に、親切にも様々な文献を紹介して戴いたり、そのコピーをお送り戴いた三宅郁子さんにはここで心よりお礼を申し上げたい。また、エラズマス・ダーウィンを始めとして、貴重な図書を種々お見せ戴いた熊本大学の図書館の方々にも心からなるお礼を申し上げたい。

二〇〇四年三月

樋口康夫

人名索引

ア　行

アーヴィング、ワシントン Washington Irving 199

アグリッパ Agrippa 107

アダムズ、ヘンリー Henry Adams 198

アッカーマン、ルドルフ Rudolph Ackermann 196

アナクレオン Anakreon 37

アポロ・プレス社 Apollo Press 213

アレン、デヴィッド David Allen 193

アンドリューズ、ジェームズ James Andrews 186

アンボーエン、アンドリュー Rev. Andrew Ambauen 214

石川林四郎 10

イングラム、ジョン John Henry Ingram 198-201

ヴァート、エリザベス Elizabeth Gable Wirt 162, 163, 206, 207, 222, 226

ウィント、ピーター・ドゥ Peter de Windt 186

ウエブスター、ジョン John Webster 137

エスリング、キャサリーン Catherine Waterman Esling 197, 207

エメ-マルタン、ルイ Louis Aime-Martin 167, 168, 179

エラコム、ヘンリー Henry N. Ellacombe 152, 201

オズグッド、フランセス Frances Osgood 199, 209

オード社 Audot 180

オリファント社 Oliphant 204

カ　行

カートランド夫人 Mrs Kirtland 210

カドワース、ラルフ Ralph Cudworth 107

ガルニエ社 Garnier Freres 180

キャノン、スーザン Susan Cannon 193

キャルコット、マリア Maria Callcott 152

キングズレイ、チャールズ Charles Kingsley 187

グッドリッチ、サミュエル Samuel G. Goodrich 211

グーディ、ジャック Jack Goody 148

グベルナティス、アンジェロ・ドゥ Angelo de Gubernatis 153

熊井明子 103, 138

クラクストン社 Claxton 210

グランヴィル J.-J. Grandville 180, 224

グリーヴ M. Grieve 141

グリッグソン、ジェッフリ Geoffrey Grigson 141, 190

グリーナウェイ、ケイト Kate Greenaway 202

グリフィン、メアリー Marry Griffin 210

グリーン、ロバート Robert Greene 131

グリーンウッド、ローラ Laura Greenwood 209

グリンドン、レオ Leo Grindon 141, 152, 201

クレアー John Clare 92, 111

クレーン、ウォルター Walter Crane 154

ケアリー & ハート社 Carey & Hart 209

ケアリー、リー & ブランシャード社 Carey, Lea & Blanchard 196, 211, 213

ゲスナー、コンラート Gesner Conrad 101

ゲーテ Goeyhe 133

ケント、エリザベス Elizabeth Kent 183

コットレル社 Cottrell 210

ゴードン、レスリー Lesley Gordon 147

コルタムベール、ルイーズ Louise Cortambert 167

サ　行

ザッコン、ピエール Pierre Zaccone 178

サッフォー Sappho 37

サワビー、ジェームズ James Sowerby 186
ジァネ社 Janet 180
シェイクスピア William Shakespeare 57, 58, 73, 89, 103, 106, 107, 110, 111, 115, 122, 125, 127, 131, 136, 145
シェーヌ出版社 Edition du Chene 222
ジェラード、ジョン John Gerard 101, 115, 138
ジェンキンズ、ハロルド Harold Jenkins 124, 129
シガニー、リディア Lydia Sigourney 211
シスルトン-ダイアー T. F. Thistleton-Dyer 127, 153, 201
シートン、ビヴァリー Beverly Seaton 145, 148, 151, 154, 156, 164, 165, 167, 168, 177, 178, 179, 180, 181, 182, 183, 187, 188, 193, 198, 202, 204, 205, 206, 209, 210, 211, 213, 214, 215, 216, 217, 218, 219
ジャックマール、アルベール Albert Jacquemart 179
シャムベ、シャルル-ヨーゼフ Charles-Joseph Chambet 177
ジャンリ、ステファニ・ドゥ Stephanie de Genlis 152
ショーベル、フレデリック Frederic Shoberl 162, 163, 196, 205
シーリー・アンド・バーンサイド社 Seeley and Burnside 213
スキナー C. M. Skinner 80, 81, 82, 94
スコース、ニコレット Nicolette Scourse 147
スペンサー Edmund Spenser 129
スミス、ジョン John Smith 107
セグワン-フォント、マルタ Marthe Seguin-Fontes 222
セッジウィック、キャサリーン Catherine Sedgewick 211
ソーンダース・アンド・オトゥレイ社 Saunders and Otley 204
ソーントン R. J. Thornton 186, 188, 189

タ 行

ダーウィン、エラズマス Erasmus Darwin 188
ターナー、ウィリアム William Turner 100
ダービー・アンド・ジャクソン社 Derby and Jackson 210
タイアス、ロバート Robert Tyas 154, 196, 209
ダウデン、エドワード Edward Dowden 122
ダン、ジョン John Donne 120
ダンテ Dante 80
チャタートン、トーマス Thomas Chatterton 201
チャップマン、ジョージ George Chapman 128
チャールズ・ボーエン社 Charles Bowen 211
チョーサー Geoffrey Chaucer 92
ディエルバッハ、ヨーハン Johan Dierbach 152
ディオスコリデス Dioskorides 117, 119
デイトン・アンド・ウェントワース社 Dayton and Wentworth 210
デイナ、ウィリアム Mrs. William Starr Dana 217
テニソン Alfred Tennyson 152
デュボ、コンスタン Constant Dubos 179
デュモント、ヘリエッタ Henrietta Dumont 209
テュルパン、ピエール Pierre Jean Francois Turpin 186
デラシェネ B. Delachenaye 162, 163, 164, 165
デル―― C. F. P. Del--- 164
ドゥティエンヌ、マルセル Marcel Detienne 25
ドゥラポルテ、フランソワ Francois Delaporte 216
トゥルヌフォール Joseph Pitton de Tournefort 186
トーマス、キース Keith Thomas 183, 193
トーマス、ロバート Robert Bailey Thomas 212
ドドネウス R. Dodoneus 101
ドロール、タクシル Taxile Delord 180, 222

ナ・ハ行

ニール、ジョン John Neal 211

パーキンソン、ジョン John Parkinson 101, 138
バーク、アン Anne Christian Burke 204
ハサード、アニー Annie Hassard 184
バッファム社 Buffum 210
ハマー-プルグシュタール、ヨーゼフ Joseph Hammer-Purgstall 149
ハリソン社 Harrison 204
バルザック Balzac 6, 221
バルトロメウス・アングリカス Bartholomaeus Anglicus 73
春山行夫 10
バレット W.A. Barrett 185
バーンズ Robert Burns 152
ヒース F. G. Heath 217
ビード Bade 84
ヒューストン＆ストンマン社 Houlston & Stoneman 196
ヒル、トーマス Thomas Hill 98
フィッチ、ウォルター Walter Hood Fitch 186
フィリップス・アンド・サンプソン社 Phillips and Sampson 211
フィリップス、ヘンリー Henry Philips 154, 162, 163, 194, 204, 222
フェノ社 Fenno 210
フォルカード、リチャード Richard Folkard Jr. 153
ブキャナン、ハンダサイド Handasyde Buchanan 190
フーパー、ルーシー Lucy Hooper 209
ブラウン、ウィリアム William Brown 128
ブラック、ウィリアム William George Black 153
プラット、アン Anne Pratt 154, 190, 191, 192
ブラモルド、キャノン Rev. Canon Bramald 214
プリニウス Plinius 31, 119, 127, 171
フルーリ・シェヴァン社 Fleury Chevant 181
フレーザー Frazer, Sir J.G. 9, 25
フレンド、ヒルデリック Rev. Hilderic Friend 153
ベイカー、ジョージ George Baker 101
ベイリー、フィリップ Philip James Bailey 199
ヘイル、サラ Sarah Josepha Hale 207, 210
ペック・アンド・ブリス社 Peck and Bliss 211
ベッサ、パンクラス Pancrace Bessa 165, 177
ヘリック、ロバート Robert Herrick 104
ヘンズロー、ジョン John Stevenson Henslow 197
ヘンダーソン、ピーター Peter Henderson 186
ポー Edgar Allan Poe 201
ボーグ社 Bogue 204
ホーソン Nathaniel Hawthorne 211
ポーター・アンド・コーツ社 Porter and Coates 211
ホメロス Homeros 35
ボーモン＆フレッチャー Beaumont & Fletcher 111

マ 行

マッセイ社 Mussey 210
マールヤット、フレデリック Frederick Marryat 205
マーロー、クリストファー Christopher Marlowe 201
ミューラー、カール Karl Mueler 177
ミューラー、マックス Max Muller 154
ミラー、トーマス Thomas Miller 197, 198
ミルトン、ジョン John Milton 48, 152
メイヨ、サラ Sarah Mayo 210
メッシール J. Messire 178
モア、ヘンリー Henry More 107
モウイング、ピーター Peter Movvyng 101
モトレ、オーブリ・ドゥ・ラ Aubry de la Mottraye 148
モーラン、デュ J.-B.Du Molin 152
モルデンケ H.& A. Moldenke 45, 49, 50, 52, 60
モレヴォ C.L. Mollevaut 164, 165, 177
モンタギュ夫人 Lady Mary Wortley Montagu

146, 147

ラ・ワ行
ライカー社 Riker 209, 210
ライト、ヘンリー Henry Lyte 101
ラスキン、ジョン John Ruskin 219
ラトゥール、シャルロット・ドゥ Charlotte de Latour 160, 162, 163, 164, 167, 168, 169, 174, 175, 196, 221
ラトリッジ社 Routledge 196, 204
ラフィネスク、コンスタンティン Constantine Samuel Rafinesque 205, 226
リッピンコット社 Lippincott 211
リンネ Linné 187, 188, 190
ルイ・ジャネ社 Louis Janet 165
ルコ、アレクシス Alexis Lucot 164, 165
ルドゥテ Redouté 165, 181
ルードン、ジョン John Claudius Loudon 183
ルヌボー、ルイーズ Louise Leneveux 177
レイ、ジョン John Ray 186
レムセン・アンド・ヘッフェルフィンガー社 Remsen and Heffelfinger 211
ロード E. S. Rohde 72, 78, 80, 85, 97
ロングフェロー Henry Wadsworth Longfellow 211

ワーズワース、ウィリアム William Wordsworth 218
ワード、マーカス Marcus Ward 198, 214

書名索引（原則として邦題や定訳のないものには原題を並記した）

ア 行
新しい花ことば（ザッコン） Nouveau langage des fleurs 178
新しい花ことば（マルタン） Nouveau langage des fleurs 168, 179
新しい植物誌 A Nievve Herball 101
アドニスの園 25
イギリスの田園詩 Britannia's Pastrals 128
イギリスの花の咲く植物、草、菅、シダ、およびその仲間 The Flowering Plants, Grasses, Sedges, and Ferns of Great Britain, and their Allies: The Club Mosses, Pepperworts and Horsetails 191, 192
イギリスの花の咲く植物とシダ Flowering Plants and Ferns of Great Britain 192
イギリスのフローラ The Brittish Flora; or, Genera and Species of British Plants 190
唄 Song 120
英文学に現はれたる花の研究 10
英米文学植物民俗誌 66, 94
エウオニムス・フィリアトゥリスの秘密療法の宝物 Thesaurus Evonymi Philiatri de remediis secretis 101
エウオニムスの秘密療法の宝物（第二版） Evonymi de remediis secretis liber secundus 101
エウオニムスの宝物 The Treasure of Evonymus 101
オセロ 117, 137
オックスフォード英語辞典 O.E.D. 91
オデッセイ 35
想い出のブーケ Le Bouquet des Souvenirs; A Wreath of Friendship 197
オリエントの宝庫 Fundgruben des Orients 149

カ 行
学芸の空しさと定りのなさについて De

incertitude et vanitate scientierum　107
家庭のフローラ Flora Domestica　183
ガードナーズ・クロニクル　Gardner's Chronicle　186
ガードナーズ・マガジン　Gardner's Magazine 183
ガードナーズ・マガジン（続刊）Garnder's Magazine, and Register of Rural and Domestic Improvement　183
花瓶 The Flower Vase　210
教訓的花ことば Le langage moral des fleurs 178
クリスチャンの花　The Christian Sentiment of Flowers　213
恋の骨折り損　115
恋人たちの相談相手　Les Secretaire des Amants　151
古代イギリス庭園の花の幻想　A Floral Fantasy in an Old English Garden　154
古代詩のフローラ　Flore poetique ancienne 152
ゴディーズ婦人読本　Godey's Ladies' Book 207
御婦人方の花々 Flores des dames　179
御婦人たちの神託 L'Oracle des Dames　151

サ　行

ザ・アトランティック・スーヴニール　The Atlantic Souvenir　150, 211
サタデー・イヴニング・ポスト　Saturday Evening Post　205
ザ・トークン　The Token　150, 211
シェイクスピアの香り　103
シェイクスピアの植物伝承と園芸術　Plant-Lore and Garden-Craft of Shakespeare　152, 201
シェイクスピアの庭の花々　Flowers from Shakespeare's Garden　154
シェクスピアのハーブ　103
シェイクスピアのフォークロア　Folk Lore of Shakespeare　201
シェイクスピアのフローラ　The Shakespeare Flora　152, 201
四季折々 According to Season　217
自然のロマンス　The Romance of Nature; or, The Poetical Language of Flowers　197
シダ植物案内 How to Know the Ferns　217
失楽園　48
詩の花ことば　The Poetical Language of Flowers; or, The Pilgrimage of Love　197
宗教と魔術の衰退　Religion and the Decline of Magic　193
十二夜　106
植物園　The Botanic Garden; A Poem, in Two Parts　188
植物学の歴史と文学　La botanique historique et litteraire　152
植物誌 Cruydeboeck　101
植物の愛 The Love of the Plants　188
植物の経済学　The Economy of Vegetation 188
植物の劇場 Theatrum Botanicum　101
植物の神話　La mythologie des plantes ou les legendes du regne vegetal　153
植物の伝承、伝説そして抒情詩　Plant Lore, Legends, and Lyrics　153
植物のフォークロア　The Folklore of Plants 153, 201
神曲　80
新健康の秘宝 The newe Iewell of Health　101
新植物画指南　A New Treasise on Flower Painting; or, Every lady her own drawing master　186
新植物誌 New Herball (Part 1)　100
新説リンネ性体系の挿画　New Illustration of the Sexual System of Linnaeus　188
神秘哲学　De occulta philosophia libri tres 107
シンベリン　110, 131
神話のフローラ Flora Mythologica　152
住居の花による装飾　Floral Decorations for Dwelling Houses　184

聖書の植物 Plants of the Bible 45, 49
聖書の植物誌 The Scripture Herbal 152
聖書の庭園散歩 The Scripture Garden Walk 152
聖書の花ことば The Bible Language of Flowers 214
ソフィーへの手紙 Lettre a Sophie 168

タ 行

大植物誌 Grete Herbal 73
太陽の楽園 Paradisi in Soli 101
谷間のユリ 6, 221
チューリップ物語 Histoire des tulipes 150
田園のリース The Rural Wreath; or, Life Among the Flowers 209
トルコ大使の手紙 Turkish Embassy Letters 147

ナ・ハ行

ナチュラリストの誕生 193
夏の夜の夢 89, 113, 114
庭師の迷宮 The Gardner's Labyrinth 98

博物誌 119, 127
花占い（ヘイル）Fortuna Flora 210
花占い（デルー―）Oracles de Flore 164, 165
花うらない（メイヨ）The Floral Fortune Teller 210
花ことば（グリーナウェイ）Language of Flowers 202, 203
花ことば（ショーベル）The Language of Flowers; With Illustative Poetry 196, 205
花ことば（セグワン-フォント）Le Langage des Fleurs 222
花ことば（タイアス）The Language of Flowers; or, Floral Emblems of Thoughts, Feelings, and Sentiments 197
花ことば（ラトゥール）Le langage de fleurs 164, 167, 168-177, 221
花ことば：花の象徴とフォークロア 10
花ことば、あるいは植物界の象徴 Die Blumensprache order Symbolik des Pflanzenrichs 177
花ことばと感情のハンドブック The Handbook of the Language and Sentiment of Flowers 197
花ことばと詩（アダムズ）The Language and Poetry of Flowers: The Floral Forget-Me-Not, a Gift for All Seasons 198
花ことばと詩（ワード）The Language and Poetry of Flowers 198
花ことばの歴史 The Language of Flowers: A History 145
花とギリシア神話 18
花と詩の婦人読本 The Lady's Book of Flowers and Poetry 209
花と祝祭 Flowers and Festivals or Directions for the Floral Decoration of Churches 185
花とその連想 Flowers and Their Associations 190
花と花の伝承 Flowers and Flower Lore 153
花のアルファベット Abecedaire de Flore ou langage des fleurs 164
花のエンブレム（シャムベ）Embleme des fleurs 177
花のエンブレム（ルコ）Emblemes de Flore 164, 165
花の王冠 La couronne de Flore 181
花の気持ち The Sentiment of Flowers; or, Language of Flora 196
花の教訓、ことば、そして詩 Flowers: Their Moral, Language, and Poetry 198
花の幻想 Les fleurs animees 180, 222-226
花の小箱 Casket; or Flowers of Literature, Wit, and Sentiment 205
花の捧げもの（オズグッド）The Floral Offering 209
花の捧げもの（デュモント）The Floral Offering 209
花の詩、および詩の花 The Poetry of Flowers and Flowers of Poetry 209
花の詩集（カートランド夫人）Poetry of the

Flowers　210
花の詩集　Guirlande de Flore　150
花の象徴　Flora Symbolica: or, The Language and Sentiment of Flowers　198-201
花の象徴の新マニュアル　Nouveau manuel des fleur semblématiques　177
花の文化史　The Culture of Flowers　148
花々　Les fleurs　164, 165, 177
花々に囲まれた生活　Life Among the Flowers　210
花々の誕生　La naissance des fleurs　181
花を愛するクリスチャン　The Christian Florist　213
ハムレット　62, 103-106, 109, 112, 113, 121, 131, 134, 141
薔薇物語　Histoire des roses　150
薔薇物語　Roman de la Rose　74, 75
バンクスの植物誌　Bankes' Herbal　73
ビクトリア朝の人々と花　The Victorians and Their Flowers　147
冬物語り　106, 113, 114
フランス系アメリカ人へのメッセンジャー　Messager Franco-Americain　167
フローラのアルファベット　Alphabet-Flore　181
フローラのエンブレム　Floral Emblems　194, 205
フローラのエンブレムのアルファベット　The Language of Flowers: An Alphabet of Floral Emblems　161
フローラの解説者　Flora's Interpreter; or, The American Book of Flowers and Sentiments　207, 210
フローラの解説者および花占い　Flora's Interpreter and Fortuna Flora　207, 210
フローラの酒杯からの甘露　Dewdrops from Flora's Cup　210
フローラの辞典　Flora's Dictionary　206
フローラの使徒　The Floral Apostles; or, What the Flowers Say to Thinking Man　214
フローラのテレグラフ　The Floral Telegraph　205
フローラの殿堂　The Temple of Flora　186, 188, 190
フローラ小辞典　Flora's Lexicon　197, 207
文化の中の科学　193
ベニスの商人　107, 108, 136
ヘンリー６世　57, 110

マ　行
マクベス　109
マロの暦　Malo's almanac　150
緑の魔術　Green Magic: Flowers, Plants & Herbs in Lore & Legend　147
皆愚か者　All Fools　128
ミューズの暦　Almanach des muses　150
ミューズの暦　Musenalmanach　150
民間療法　Folk-Medicine: A Chapter in the History of Culture　153
メイサーの植物誌　Macer Floridus De viribus herbarum　73
モトレ氏の航海記　Voyages du Sr. de la Motraye en Europe, en Asie et en Afrique　148
森の春　Sylvan Spring　217
森の冬　Sylvan Winter　217

ヤ・ラ・ワ行
薬物誌　The Greek herbal of Dioscorides　117, 119
薬用のフローラ　Medical Flora　205
野生の花案内　How to Know the Wildflowers　217
野生の花々　Wild Flowers　192
野草の花ことば　Le Langage des Fleurs des Champs　222
夢判断　Clef des Songes　151

老農夫の暦　The Old Farmer's Almanac　212
ロミオとジュリエット　73, 116, 117

勿忘草　The Forget-Me-Not　150, 196

参考文献

植物事典、図鑑、辞書

塚本洋太郎総監修、『園芸植物大事典』、小学館、1994年

堀田満編集代表、『世界有用植物事典』、平凡社、1989年

加藤憲市著、『英米文学植物民俗誌』、冨山房、1976年

星川清親著、『栽培植物の起原と伝播』、二宮書店、1978年

山岸喬著、『日本ハーブ図鑑』、家の光協会、1998年

シェヴァリエ著、難波恒雄監訳、『世界薬用植物百科事典』、誠文堂新光社、2000年

Arber, Agnes. *Herbals: Their Origin and Evolution, A Chapter in the History of Botany 1470-1670.* 3rd edition. Cambridge: Cambridge University Press, 1986.

de Candolle. *Origine des Plantes Cultivees.* 1883; Marseille: Editions Jeanne Laffitte, 1984（邦訳：ドゥ・カンドル著、加茂儀一訳、『栽培植物の起原』、岩波文庫、1958年）.

Daniels, C.L., and Sttovans. C.M. *Encyclopaedia of Superstitions and Folklore of the World.* 1903; Detroit: Gale Research Co., 1971.

Fitter, Richard and Alastair, and Marjorie Blamey. *The Wild Flowers of Britain and Northern Europe.* 3rd ed. London: Collins, 1978.

D. Gledhill. *The Names of Plants.* 2nd edition. Cambridge: Cambridge University Pess, 1989.

Grey-Wilson, Christopher, and Marjoie Blamey. *Alpine Flowers of Britain and Europe.* 2nd edition. London: Harper Collins, 1995.

Grigson, Geoffrey. *The Englishman's Flora.* London: Phoenix House, 1955.

---------. *A Dictionary of English Plant Names: and Some Products of Plants.* London: Allen Lane, 1974.

Guyot, Lucien, et Pierre Gibassier. *Les Noms des Plantes*, Que Sais-Je? No. 856. 2nd edition. Paris: Presses Universitaires de France, 1967.

---------. *Les Noms des Fleurs.* Que Sais-Je? No. 866. 2nd edition. Paris: Presses Universitaires de France, 1968（邦訳：L.ギィヨ&P.ジバシエ著、飯田年穂・瀬倉正克訳、『花の名前—ヨーロッパ植物名の語源』、八坂書房、1991年）.

Hooker, J. D. *The Student's Flora of the British Islands.* London: Macmillan, 1870.

The Language of Flowers: An Alphabet of Floral Emblems. London: T. Nelson and Sons, 1858.

Polunin, Oleg. *Flowers of Europe: a field guide.* Oxford: Oxford University Press, 1969.

---------. *Flowers of Greece and the Balkans: a field guide.* Oxford: Oxford University Press, 1987.

---------. *Flowers of South-West Europe: a field guide.* Oxford: Oxford University Press, 1969.

Rodale's Illusted Encyclopedia of Herbs. Claire Kowalchik & William H. Hylton eds. Emmaus, Pa.: Rodale Press, 1987.

de Vries, Ad. *Dictionary of Symbols and Imagery*. Amsterdam-London: Notrh-Holland Publishng Company, 1974（邦訳：ド・フリース著、山下主一郎主幹、荒このみ他訳、『イメージ・シンボル事典』、大修館書店、1984年）.

＊英語の *Oxford English Dictionary* の他に、ギリシア、ラテン語では以下のものを主に利用した。

A Greek Lexicon. ed. by Henry George Liddell and Robert Scott. Oxford.

An Intermedidate Greek-English Lexicon. by Henry George Liddell and Robert Scott. Oxford.

A Latin Dictionary. ed. by Charlton T. Lewis and Charles Short. Oxford.

Chambers Murray Latin -English Dictionary. ed by Sir William Smith and Sir Jhon Lockwood. 2nd edition. London and Edinburgh: Morrison and Gibb Ltd.

はじめに

Balzac, H. De. *Le Lys Dans La Vallee*. 1836; Paris: Editions Garnier Freres, 1952（邦訳：H. de バルザック著、高山鉄男他訳、『谷間のユリほか』、講談社版）.

Frazer, Sir J.G. *The Golden Bough*. 3rd edition. London: Macmillan, 1938.

石川林四郎著、『英文学に現はれたる花の研究』、八坂書房、1980年

これはそもそも、大正13年に研究社より発行され原本を挿絵の部分を除いて忠実に復刻したものである。

大塚高信・中川純恵編、『花ことば花ごよみ』、大阪教育図書、1977年

小さな本で、植物の五十音順の配列、簡単な花言葉が付されている。国花、県花、および、花ごよみ、2種類の誕生花の記載がある。巻末に和書、洋書の1頁の簡単な参考文献が記されている。

西島樂峰編、『世界花言葉全集』、春陽堂、1930年

学名、英語名の説明あり、花は五十音順の配列で、しばしば、世界の伝説、神話、英詩訳、和歌などが記載されている。園芸辞典が付され、大部でかなりまとまった植物、花言葉の辞典。703頁。

中村成夫著、『美しき花ことば』、三笠書房、1965年

四季ごとに分かれており、花、花ことばの説明がある。誕生花も付されている。しばしば、俳句、短歌が記載され、索引がある。

野口家嗣著、『花詩集―花言葉・花ごよみ』、野ばら社、1963年

12ヶ月の詩集で、1日ごとの短詩と簡単な花の植物学的説明、花言葉の記載がある。月ごとに10程度の俳句が載る。

春山行夫著、『花ことば―花の象徴とフォークロア』（2冊）、平凡社、1986年

吉津良恭著、『花言葉全集』、タキイ種苗出版部、1955年

第1部、花言葉百花集には四季の花とその花言葉が記載されている。第2部、新

選花言葉集となっており約500種の花の詳しい植物学的な説明と花言葉がある。第3部、花言葉の話、花言葉の使命、花言葉の由来等の簡単な説明あり。第4部、花言葉の1年、花言葉の暦となっており、1日ごとの花言葉が記載されている。最後に付録があり、花束の作り方等について西洋流の解説あり。花の名前の索引が付されている。花言葉は主として西洋に従う。写真複葉あり。

講談社編、『花詩集・花ことば』、1981年

春夏秋冬の花を題材とする自由詩があり、花言葉を添えている。しばしばギリシア・ローマ神話からのエピソードの記載があり、日本、中国のものについても触れている。巻末に花ごよみあり。

八坂書房編、『花カレンダー花ことば』、1992年

1年366日に行事などの関わりある花々を割り当て花ことばを配したもの。キリスト教の聖人の祭日にゆかりの花を掲げた花ごよみともなっている。

I 花ことばの起原

1. ギリシア・ローマの花ことば

Addison, Josephine. *The Illustrated Plant Lore: A unique pot-pouri of history, folklore and practical advice*. London: Guild Publishing, 1985（邦訳：J. アディソン著、樋口康夫・生田省悟訳『花を愉しむ事典 ― 神話伝説・文学・利用法から花言葉・占い・誕生花まで』、八坂書房、2002年）.

Bulfinch, Thomas. *The Age of Fable*. London : Dent, 1969.

Detienne, Marcel. *Les jardins d'Adonis*. Paris: Gallimard, c1972（邦訳：M.ドゥティエンヌ著、小苅米・鵜沢訳『アドニスの園 ― ギリシアの香料神話』、せりか書房、1983年）.

Graves, Robert. *Greek Myths*. illustrated ed. 1955; Harmondsworth: Penguin Books, 1981.

Ovid. *Metamorphoses*. English Translation by Frank Justus Miller. 2nd editoin. 1916; Cambridge, Ma.: Harverd University Press, 1921.

Skinner, Charles M. *Myths and Legends of Flowers, Trees, Fruits, and Plants in all Ages and in all Climes*. London: J. B. Lippincott, 1925（邦訳：C. M. スキナー著、垂水雄二・福屋正修訳、『花の神話と伝説』、八坂書房、1985年）.

アポロドーロス著、高津春繁訳、『ギリシア神話』、岩波文庫、1994年

K. ケレーニイ著、高橋英夫、植田兼義訳、『ギリシアの神話：神々の時代』、中央公論社、1974年

ヘシオドス著、廣川洋一訳、『神統記』、岩波書店、1984年

ホメーロス著、呉茂一訳、『イーリアス・オデュッセイア』、河出書房、1969年

呉茂一著者代表、新潮社、1956年

白幡節子著、『花とギリシア神話』、八坂書房、1999年

高津春繁著、『ギリシア・ローマ神話辞典』、岩波書店、1960年

水之江有一編著、『ギリシア・ローマ神話図詳事典：天地創造からローマ建国まで』、北星堂書店、1994年

2. 聖書の花ことば

Balfour, John Hutton. *The Plants of the Bible*. London: T. Nelson and Sons, 1866.
---------. *The Plants of the Bible*. Illustrated edition. London: T. Nelson and Sons, 1885.
Chouraqui, Andre. *La Pensee Juive*. Que Sais-Je? No.1181. Paris: Presses Universitaires de France, 1965（邦訳：A. シュラキ著、渡辺義愛訳、『ユダヤ思想』、文庫クセジュ、1966年）.
Kaufmann, Yehezekel.et. al. *Great Ages and Idea of the Jewish People*. New York: The Modern Libray, 1956.
Milton, John. *The Poems of John Milton*. ed. by John Carey and Alastair Fowler. London: Longman, 1968（邦訳：J. ミルトン著、平井正穂訳、『失楽園』、岩波文庫、1981年）.
Moldenke, Harold N. & Alma L. *Plants of the Bible*. New York: The Ronald Press, 1952（邦訳：H & A･モルデンケ著、奥本裕昭訳、『聖書の植物』(抄訳)、八坂書房、1981年）.
Prest, John. *The Garden of Eden: The Botanic Garden and the Re-Creation of Paradise*. New Haven: Yale University Press, 1981（邦訳：J.プレスト著、加藤暁子訳、『エデンの園』、八坂書房、1999年）.
Roth, Cesil. *A History of the Jews*. New York: Schoken Books, 1961（邦訳：C. ロス著、長谷川真・安積鋭二訳、『ユダヤ人の歴史』、みすず書房、1966年）.
Siegfried, Andre. *Les Voies D'Israel*, [Paris] Libraire Hachette, 1959（邦訳：シーグフリード著、鈴木一郎訳、『ユダヤの民と宗教：イスラエルの道』、岩波新書、1967年）.
大槻虎男著、『聖書植物図鑑』、教文館、1992年

3. 中世の花ことば

D'Ancona, Mirella Levi. *The Garden of the Renaissance: Botanical Symbolism in Italian Painting*. Filrenze: Leo S. Olscheki Editor, 1977.
Barthromaeus Anglicus. *On the properties of things: John Trevisa's translation of Bartholomaeus Anglicus De proprietatibus rerum*. Oxford: At the Clanrendon Press, 1977.
Chaucer, Geoffrey. *Complete Works of Geoffrey Chaucer*. ed. by Walter W. Skeat. London: Oxford University Press, 1897.
Clare, John. *John Clare: Selected poems and prose*. ed. by Merryn and Raymond Williams. London: New York: Methuen, c 1986.
De Herdt, Rene and Ann Van Nieuwenhuyse et al. *Tuinen van Eden: Van Keizer Karl tot Heden*. Gent: Museum voor Industriele Archeologie en Textiel, 2000.
Floridus, Macer. *A Middle English Translation of Macer Floridus De viribus herbarum*. Uppsala: Almqvist & Wiksell, 1949.

Gallwitz, Ester. *Ein wunderbarer Garten: Die Pflanzen des Genter Alters.* Frankfurt am Main und Leipzig: Insel Verlat, 1996.

The Grete Herball: London: printed by Peter Treveris, 1526.

An Herball [1525]. ed. and transcribed by Sanford V. Larkey and Thomas Pyles. Fascimile Editon. New York: New York Botanical Garden, 1941.

Hulme, F. Edward. *Bards and Blossoms or The Poetry, History, and Associations of Flowers.* London: Marcus Ward & CO., 1877.

Lucie-Smith, Edward. *Flora: Gardens and Plants in Art and Literature.* East Sussex: The Ivy Press Ltd., 2000.

Manuel, Frank E., and P. Fritzie. *Utopian Thought in the Western World.* Cambridge, MA: The Belknap Press, 1979.

McLean, Teresa. *Medieval Gardens.* 1981; London: Barrie and Jenkins, 1989.

Moynihan, Elizabeth B. *Paradise as a Garden in Persia and Mughal India.* New York: George Braziller, 1979.

Rhode, Eleanour Sinclair. *Garden-Craft in the Bible and Other Essays.* 1917; New York:Books for Libraries Press, 1967.

---------. *The Old English Herbals.* 1922; London: Minerva, 1974.

ダンテ著、山川丙三郎訳、『神曲（天堂）』（下）、岩波文庫、1958年

ダンテ著、寿岳文章訳、『神曲（天国篇）』、集英社、1976年

川崎寿彦著、『庭のイングランド—風景の記号学と英国近代史』、名古屋大学出版会、1983年

中尾真理著、『英国式庭園—自然は直線を好まない』、講談社、1999年

山中哲夫著、『ヨーロッパ文学　花の詩史』、大修館書店、1992年

4. エリザベス朝の花ことば

Agrippa of Nettesheim. *Three Books of Occult Philosophy.* ed. By Donald Tyson. St. Paul in MN: Llewellyn Publications, 1995.

Anderson, Frank J. *An Illustrated History of the Herbals.* New York: Columbia University Press, 1977.

Bacon, Francis. *Essays.* London: J. M. Dent & Sons, 1906.

---------. *The Essays.* ed. by Narita Shigehisa Tokyo: Kenkyuusya, 1948.

Barkan, Leonard. *Nature's Works of Art: The Human Body as Image of the World.* New Haven: Yale University Press, 1975.

Beaumont, Francis and John Fletcher. *The Works of Francis Beaumont and John Fletcher.* New York: Octagon Books, 1969.

Black, William George. *Folk-Medicine: A Chapter in the History of Culture.* London: The Folk-Lore Society, 1883.

Bradley, Richard. *A General Treaties of Husbandry and Gardening*. London: T. Woodward, 1724.

Browne, William. *The Whole Works of William Browne*. Hildesheim: G. Olms, 1970.

Chapman, George. *The Comedies and Tragedies of George Chapman*. London: John Pearson, 1873.

Debus, Allen G. *Man and Nature in the Renaissance*. Cambridge: Cambridge University Press, 1978.

Dioscorides. *The Greek Herbal of Dioscorides*. trans. by John Goddyear, Intro. And ed. by Robert T. Gunther. New York: Hafner Publishing co., 1959（邦訳：ディオスコリデス著、鷲谷いづみ訳、『ディオスコリデスの薬物誌』、エンタプライズ、1983年）.

Dodoneus, Rembert. *Cruydeboeck*. Antwerpen: Ian van der Loe, 1554.

---------. *Histoire des Plantes de Rembert Dodoens*. French trans. by Charles de L'Esluse. ed. by J.-E. Opsomer. 1557; Bruselles: Centre National D'Histoire des Sciences, 1978.

---------. *A Nievv Herball, or Historie of Plantes*. English trans. by Henry Lyte. London: Gerard Dewes, 1578.

Donne, John. *John Donne: Divine Poems*. Ed. by Helen Gardner. Oxford: Oxford University Press, 1953.

Ficino, Marsilio. *Three Books on Life / Marsilia Ficino*. Binghamton, N.Y.: Medieval & Renaissance Tests & Studies in conjunction with the Renaissance Society of America, 1989.

Fischer, Hans. *Conrad Gessner (26. Maarz 1516-13. Dezember 1565): Leben und Werk*. Zurich: Kommissionsverlag Leemann AG, 1966（邦訳：H. フィッシャー著、今泉みね子訳、『ゲスナー：CONRAD GESSNER 生涯と著作』、博品社、1994年）.

Fleming, Laurence, and Alan Gore. *The English Garden*. London : Joseph, 1979.

Gesner, Conrad. *The Treasure of Evonymus*. trans. by Peter Mowyng. 1559; Amsterdam: Da Capo Press, 1969.

---------. *The Newe Iewell of Health*. trans. by George Baker. 1576; Amsterdam: Da Capo Press, 1971.

Gerard, John. *The Herball, or, Generall Historie of Plantes*. London , 1597.

Green, Edward Lee. *Landmarks of Botanic History*. Washington: Smithsonian Institution, 1909. Part I.

---------. *Landmarks of Botanic History*. Stanford: Stanford University Press, 1983. Part II.

Greene, Robert. *The Life and Complete Works in Prose and Verse of Robert Greene*. 1881-86; New York: Russel and Russel, 1964.

Grieve, M. A *Modern Herbal*. London: Jonathan Cape, 1931.

Grindon, Leo H. *The Shakespeare Flora*. 1883; London: AMS Press, 1972.

Hall, A. Rupert. *The Revolution in Science 1500-1750*. 1954; London: Longman, 1983.

Herrick, Robert. *The Poetical Works of Ropbert Herrick*. Oxford: At the Clarendon Press, 1956.

Hill, Thomas. *The Gardners's Labyrinth*. 1586; Oxford University Press, 1987.

Hutin, Serge. *La philosophie anglaise et americaine*. Collectiion Que Sais-Je? No, 796. Paris:

Presses Universitaires de France, 1958（邦訳：S. ユタン著、野沢協訳、『英米哲学入門』、白水社、1959年）.

Josephus, Flavius. *The Works of Flavius Josephus.* trans. by William Whiston. Mishigan: Baker Book House, 1974.

Nauert, Charles G. JR. *Aggripa and the Crisis of Renaissance Thought* . Urbana: University of Illinois Press, 1965.

Parkinson, John. *Paradisi in sole paradisus terrestris.* London, 1629.

Gaius Plinius Secundus. *Pliny: Natural History.* Trans. By W.H.S. Jones, 2nd ed. Cambridge in Mass.: Harverd University Press, 1953.

Religion and Culture in Renaissance England. ed. by Claire McEachern and Debora Shuger. Cambridge: Cambridge University Press, 1997.

Rhode, Eleanour Sinclair. *Shakespeare's Wild Flowers: Fairy Lore, Gardens, Herbs, Gatherers of Simples and Bee Lore.* London: The Medici Society, 1935.

Ribton-Turner, C. J. *Shakespeare's Land: Being a Description of Central and Southern Warwickshire.* London: Frank Glover, 1893.

Seaton, Beverly. *The Language of Flowers: A History.* Charlottesville and Lodon: University Press of Virginia, 1995.

＊William Shakespereのハムレットの版については主に次のようなものを参考にした。

Dowden, Edward (ed.). *Hamlet.* The Arden Shakespeare. London: Methuen, 1899.

Furness Horace Howard (ed.). *Hamlet.* A New Variorum Edition. 1877; New York: Dover Publications, 2000.

Jenkins, Harold (ed.). *Hamlet.* The Arden Shakespeare. London: Methuen, 1982.

Wilson, John Dover (ed.). *Hamlet.* The New Shakespeare. Cambridge: At the University Press, 1968.

＊William Shakespeare の全集については、以下のものを主に今回は利用した。

Shakespeare, William. *William Shakespeare: The Complete works.* ed. by Peter Alexander. London: Collins, 1951.

---------. *The Works of Shakespeare.* ed. by John Dover Wilson. Cambridge: Cambridge University Press.

Spenser, Edmund. *The Works of Edmund Spenser.* Baltimore: The John Hopkins Press, 1947.

Thiselton-Dyer, T. F. *Folk Lore of Shakespeare.* London: Griffith & Farran, 1883.

Traister, Barbara H. *Heavenly Necromancers: The Magician in English Renaissance Drama.* Columbia: University of Missouri Press, 1984（邦訳：B. トレイスター著、藤瀬恭子訳、『ルネサンスの魔術師』、晶文社、1993年）.

Tusser, Thomas. *Five Hundred Pointes of Good Husbandrie.* 1878; Vaduz: Kraus Reprint, 1965.

Walker, D. P. *Spiritual and Demonic Magic form Ficino to Campanell.* London: Warburg Institute, 1958（邦訳：D. P. ウォーカー著、田口清一訳、『ルネサンスの魔術思想——フィチーノからカンパネッラへ』、平凡社、1993年）.

---------. *The Ancient Theology: Studies in Christian Platonism from the Fifteenth to the Eighteenth Century.* New York: Cornell University Press, 1972.

---------. *Music, Spirit and Language in the Renaissance.* ed. by Penelope Gouk. London: Variorum Reprints, 1985.

Webster, John. *The Complete Works of John Webster.* ed. by F. L. Lucas. 1927; New York: Gordian Press, 1966.

Yates. Frances A. *The Occult Philosophy in the Elizabethan Age.* London: Routledge & Kegan Paul, 1979.

熊井明子著、『シェイクスピアの香り』、東京書籍、1993年

---------.『シェイクスピアのハーブ』、誠文堂新光社、1996年

樋口康夫、「オフィーリアの花々」熊本大学教養部紀要　外国語・外国文学編　第30号（1995年1月発行）

---------.「On the Plants of Ophelia」、熊本大学教養部紀要　外国語・外国文学編　第31号（1996年1月発行）

II 近代の花ことば

Allen, David Elliston. *The naturalist in Britain: a social history.* Princeton, N.J.: Princeton University Press, 1976（邦訳：D.E.アレン著、阿部治訳、『ナチュラリストの誕生：イギリス博物学の社会史』、平凡社、1990年）.

Coats, Peter. *Flower in History.* New York: Viking Press, 1970（邦訳：P. コーツ著、安部薫訳、『花の文化史』、八坂書房、1978年）.

Dana, William Starr. *How to know the Wild Flowers: A Guide to the Names, Haunts, and Habits of our Common Wild Flowers.* Illustrated by Marion Satterlee. Rev. ed. by Clarence J. Hylander. New York: Dover Publications, 1963.

Darwin, Erasmus. *The Botanic Garden: A Poem, in Two Parts.* London: J. Johnson, 1791.

Delord, Taxile. *Le flores animees.* Paris: Garnier, 1847. Illustration by J.-J Granville（邦訳：T. ドロール著、谷川かおる訳、『グランヴィル　花の幻想』、八坂書房、1993年）.

Goerke, Heinz. *Carl von Linne: Arzt, Naturforscher, Systematiker.* Stuttgart: Wissensschaftliche Verlagsgesellschaft mbH, 1989（邦訳：H. ゲールケ著、梶田昭訳、『カール・フォン・リンネ（1707-78）：医師・自然研究者・体系家』、博品社、1994年）.

Goody, John. *The Culture of Flowers.* Cambridge: Cambridge University Press, 1993.

Gordon, Lesley. *Green Magic: Flowers, Plants & Herbs in Lore & Legend.* New York: Viking, 1977.

Greenaway, Kate. *Language of Flowers.* Rept. ed. 1884; New York: Gramercy Publishing

Company, 1978（邦訳：K.グリーナウェイ著、岸田理生訳、『花言葉』、白泉社、1980年）.
Ellacombe, Henry N. *Plant-Lore and Garden-Craft of Shakespeare.* London: W. Stachel, 1878.
Grindon, Leo H. *The Shakespeare Flora* Manchester: Palmer & Howe, 1883.
The Language of Flowers: An Alphabet of Floral Emblems. London: T. Nelson and Sons, 1858.
Latour, Charlotte de, *Le langage des fleurs*. Paris: Audot, c.1819.
Montagu, Mary Wortley. *Letters: Mary Wortley Montagu.* Everyman's Library. London: David Cambell, c.1992.
The Old Farmer's Almanac 1992. Dublin, NH: The Old Farmer's Almanac, 1991.
Parsons, Frances. *Theodora Smith Dana According to Season*. New York: Scribners, 1984.
Pratt, Anne. *The Flowering Plants, Grasses, Sedges, and Ferns of Great Britain.* London: Frederick Warne and Co., 1855.
---------. *The Flowering Plants, Grasses, Sedges, and Ferns of Great Britain, and their Allies: The Club Mosses*, Pepperworts and Horsetails. n.d. c.1860.
---------. *Wild Flowers.* London: Society for Promoting Christian Knowledge, n.d. c.1870.
Scourse, Nicolette. *The Victorians and Their Flowers.* London and Canberra: Croom Helm, 1983.
Seaton, Beverly. *The Language of Flowers: A History.* Carlottesville, VA: University Press of Virginia, 1995.
Thiselton-Dyer, T. F. *Folk Lore of Shakespeare*. London: Griffith and Farren, 1883.
Thomas, Keith. *Religion and the Decline of Magic.* New York: Charles Scribner's Sons, 1971（邦訳：K.トマス著、荒木正純訳、『宗教と魔術の衰退』、法政大学出版局、1993年）.
---------. *Man and the Natural World.* 1983; Harmondsworth: Penguin Books, 1984（邦訳：K. トマス著、山内昶監訳、『人間と自然界：近代イギリスにおける自然観の変遷』、法政大学出版局、1989年）.
Thornton, Robert John. *The British flora; or, Genera and Species of British Plants.* London: J. Whiting, 1812.
Thornton's Temple of Flora with Plates. London: Collins, 1951.
長島伸一著、『世紀末までの大英帝国：近代イギリス社会生活史素描』、法政大学出版局、1987年
F. ロビンソン著、桐原春子監修訳、『ヴィクトリアンの花詩集』、岳陽社、2000年

http://www.bartleby.com/226/1116.html
http://www.merrycoz.org/voices/token/36TOKEN.HTM

あとがき

Seguin-Fontes, Marthe. *Le langage des fleurs.* Paris: Edition du Chene, 1995.
---------. *Le langage des fleurs des Champs.* Paris: Edition du Chene, 1998.

著者紹介

樋口康夫（ひぐち やすお）

1950年 秋田県生まれ。1977年 東京大学大学院人文科学研究科修士課程修了。熊本大学法学部教授、熊本県立大学文学部教授を歴任。主な専攻領域は英文学、ハーバル（植物誌）など。

著書：『国際社会の近代と現代』（共著、九州大学出版会）

訳書：アディソン『花を愉しむ事典』（共訳、八坂書房）

論文：「King Lear の植物について」、「On the Plants of Ophelia」ほか

花ことば 起原と歴史を探る **新装版**

2004年 7月10日 初版第1刷発行
2016年 11月25日 新装版第1刷発行

著者 樋口康夫
発行者 八坂立人
印刷・製本 シナノ書籍印刷(株)

発行所 (株)八坂書房
〒101-0064 東京都千代田区猿楽町 1-4-11
TEL.03-3293-7975 FAX.03-3293-7977
URL: http://www.yasakashobo.co.jp

ISBN 978-4-89694-228-6